TREM NOTURNO

MARTIN AMIS

TREM NOTURNO

Tradução:
CID KNIPEL MOREIRA

2ª edição

COMPANHIA DAS LETRAS

Copyright © 1997 by Martin Amis

Título original:
Night Train

Capa:
Angelo Venosa
sobre obra sem título (1999), de Angelo Venosa.
132 x 280 x 140 cm. 12 anéis de MDF queimado.

Preparação:
Ana Maria Barbosa

Revisão:
Isabel Jorge Cury
Eliana Antonioli

Os personagens desta obra são reais apenas no universo da ficção;
não se referem a pessoas e fatos concretos, e sobre eles não emitem opinião.

Dados Internacionais de Catalogação na Publicação (CIP)
(Câmara Brasileira do Livro, SP, Brasil)

Amis, Martin, 1949-
 Trem noturno / Martin Amis ; tradução Cid Knipel
Moreira. — São Paulo : Companhia das Letras, 1998.

 Título original: Night Train.
 ISBN 85-7164-817-4

 1. Romance inglês I. Título.

98-4421   CDD-823.91

Índices para catálogo sistemático:

1. Romances : Século 20 : Literatura inglesa 823.91
2. Século 20 : Romances : Literatura inglesa 823.91

2004

Todos os direitos desta edição reservados à
EDITORA SCHWARCZ LTDA.
Rua Bandeira Paulista, 702, cj. 32
04532-002 — São Paulo — SP
Telefone: (11) 3707-3500
Fax: (11) 3707-3501
www.companhiadasletras.com.br

para Saul e Janis

ÍNDICE

PARTE 1
Contragolpe, 9

PARTE 2
Felo de se, 67

PARTE 3
O visual, 127

Parte 1

CONTRAGOLPE

Sou polícia. Pode parecer uma declaração incomum — ou uma construção incomum. Mas é um jargão que nós temos. Em nosso meio, nunca diríamos sou um policial ou uma policial ou sou um oficial de polícia. Diríamos simplesmente sou polícia. Sou polícia. Sou polícia e meu nome é detetive Mike Hoolihan. E sou mulher, também.

O que estou escrevendo aqui é um relato do pior caso que já investiguei. Quer dizer, o pior caso para mim. Quando você é polícia, "pior" é um conceito elástico. Na verdade, não se pode definir o "pior". Dia sim, dia não, os limites avançam mais um pouco. "Pior"?, perguntaremos. "Não tem essa coisa de *pior.*" Mas para a detetive Mike Hoolihan esse foi o pior caso.

Na central, no Departamento de Investigações Criminais, DIC, com seus três mil oficiais juramentados, há muitos departamentos e subdepartamentos, seções e unidades, cujos nomes estão sempre mudando: Crime Organizado, Crimes de Vulto, Crimes Contra Pessoas, Delitos Sexuais, Furto de Automóveis, Cheques e Fraudes, Investigações Especiais, Confisco de Bens, Inteligência, Entorpecentes, Seqüestros, Invasões de Domicílio, Assaltos... e Homicídios. Há uma porta de vidro com o nome "Vício". Nenhuma porta de vidro com o nome "Pecado". A cidade ofende. A gente defende. A idéia é essa.

11

* * *

Eis meus créditos pessoais. Aos dezoito anos, matriculei-me num curso de bacharelado em direito criminal na Pete Brown. Mas o que eu realmente queria eram as ruas. E não consegui esperar. Fiz as provas para vigilante estadual, para patrulheiro de fronteira, e até mesmo para oficial da correcional estadual. Passei em todas. Fiz ainda a prova para polícia e passei nessa também. Abandonei a Pete e me alistei na Academia.

Comecei como policial de ronda na zona sul. Fui da Unidade Distrital de Segurança no 44. Fazíamos a ronda e atendíamos chamados pelo rádio. Depois, durante cinco anos, fiquei na Unidade Antiassalto de Idosos. Fazer trabalho preventivo — chamariz e detenção — foi meu passaporte para o traje civil. Mais tarde, outra prova e fui para a central, com meu distintivo. Estou agora na Confisco de Bens, mas passei oito anos na Homicídios. Investiguei assassinatos. Fui polícia de assassinatos.

Algumas palavras sobre minha aparência. O físico, herdei de minha mãe. Bem à frente de seu tempo, ela já possuía o visual hoje associado a feministas altamente politizadas. Mamãe poderia ter interpretado o vilão masculino num *road movie* pós-nuclear. Também fiquei com a voz dela, só que engrossada por três décadas de abuso de nicotina. As feições, herdei de meu pai. São mais rurais do que urbanas — chapadas, indefinidas. O cabelo é loiro tingido. Nasci e fui criada nesta cidade, em Moon Park. Mas tudo isso foi para os ares quando eu tinha dez anos, e depois fui criada pelo Estado. Não sei onde estão meus pais. Tenho um metro e setenta e sete e estou chegando aos oitenta quilos.

Alguns dizem que nada supera a adrenalina (e o dinheiro sujo) da Entorpecentes, e todos concordam que a Seqüestros é o maior sarro (se assassinato, nos EUA, quase sempre é preto contra preto, então seqüestro quase sempre é quadrilha contra quadrilha), e a Delitos Sexuais tem seus adeptos, Vício seus entusiastas, e Inteligência leva o nome a sério (a Inteligência vai fundo e traz os malfeitores do fundo do mar), mas todo mundo secretamente sabe que a Homicídios é o máximo. A Homicídios é o Show.

Nesta cidade americana do segundo escalão, ligeiramente famosa por sua Torre de Babel financiada pelos japas, seus portos e marinas, sua universidade, suas empresas de mentalidade futurista (software para computadores, indústria aeroespacial e produtos farmacêuticos), seu elevado desemprego e sua catastrófica fuga de contribuintes da parte velha, um polícia de homicídios talvez investigue uma dúzia de assassinatos por ano. Em alguns casos, a gente é o investigador principal, em outros, o secundário. Trabalhei em uma centena de assassinatos. Meu índice de solução estava logo acima da média. Era capaz de interpretar a cena de um crime e, mais de uma vez, fui definida como "excelente interrogadora". Meus antecedentes eram excepcionais. Quando vim da zona sul para o DIC, todos esperavam que meus relatórios fossem ter nível distrital. Mas tinham nível de central, corretos do princípio ao fim. E procurei aprimorá-los ainda mais, até deixá-los cem por cento. Uma vez fiz um trabalho muito competente, comparei dois depoimentos rivais de um homicídio complicado no 73: uma testemunha/suspeito contra outra testemunha/suspeito. "Comparado com o que *vocês* me dão para ler", disse o sargento-detetive Henrik Overmars, brandindo meu relatório diante de todó o esquadrão, "isto é uma oratória do cacete. É um puta Cícero perto de um Robespierre!" Eu fazia o trabalho da melhor forma possível, até que saí pela linha de fundo e não consegui fazê-lo mais. No meu tempo, cheguei à solução de umas mil mortes suspeitas, das quais a maioria se evidenciou como suicídio ou acidente ou mera falta de socorro. Portanto, vi de tudo: despencados, decepados, vomitados, cagados, sangrantes, flutuantes, intoxicados, embriagados. Vi corpos de bebês espancados. Vi corpos de nonagenárias curradas. Vi corpos que estavam mortos havia tanto tempo que a única tacada que se podia dar para saber a hora da morte era pesar os vermes. Mas de todos os corpos que já vi, nenhum ficou comigo, em minhas entranhas, como o de Jennifer Rockwell.

Estou dizendo tudo isso porque sou parte da história que vou contar, e sinto necessidade de dar alguma idéia de onde estou vindo.

A partir de hoje — dois de abril — considero o caso "Resolvido". Está encerrado. Feito. *Concluído*. A solução, porém, só aponta para uma complexidade ainda maior. Peguei um nó bem apertado e o reduzi a uma barafunda de fios soltos. Esta noite encontro Paulie No. Vou fazer-lhe duas perguntas. Ele me dará duas respostas. Depois, está no papo. Este caso é o pior caso. Gostaria de saber: é só comigo? Mas sei que tenho razão. É tudo verdade. É a verdade. É a verdade. Paulie No, como dizemos, é um cortador estatal. Ele corta para o Estado. Disseca os corpos das pessoas e conta como foi que morreram.

Permitam-me antecipar minhas desculpas pela péssima linguagem, o sarcasmo doentio e o fanatismo. Todo polícia é racista. Faz parte do nosso trabalho. A polícia de Nova York odeia porto-riquenhos, a de Miami odeia cubanos, a de Houston mexicanos, a de San Diego ameríndios, e a de Portland esquimós. Aqui odiamos praticamente todo mundo que não é irlandês. Ou que não é polícia. Qualquer um pode virar polícia — judeus, negros, asiáticos, mulheres — e, quando você entra, passa a ser membro de uma raça chamada polícia que é obrigada a odiar todas as outras raças.

Estes documentos e transcrições foram reunidos, peça por peça, durante um período de quatro semanas. Também peço desculpas por qualquer inconsistência nos tempos verbais (é difícil evitar quando se escreve sobre o recém-morto) e pelo informalismo na apresentação dos diálogos. E imagino que me desculpo pelo resultado. Desculpem-me. Desculpem-me, desculpem-me.

Para mim a coisa começou na noite de quatro de março e depois evoluiu dia a dia, e é assim que vou contar essa parte da história.

4 de março

Aquela noite eu estava só. Tobe, o meu homem, estava fora da cidade, participando de uma espécie de convenção sobre computadores. Eu nem tinha começado o jantar: estava ali sentada com a biografia para o grupo de discussão aberta no sofá, próxima ao cinzeiro. Eram oito e quinze da noite. Lembro-me da hora porque acabara de ser despertada de um cochilo pelo trem noturno, que passou cedo, como sempre acontece aos domingos. O trem noturno que balança o chão em que piso. E mantém baixo meu aluguel.

O telefone tocou. Era Johnny Mac, aliás sargento-detetive John Macatitch. Meu colega na Homicídios que agora virou supervisor de esquadrão. Grande sujeito e excelente detetive.

"Mike?", disse ele. "Vou ter de pedir um grande favor."

E eu disse: Está bem, estou ouvindo.

"Esta é dura, Mike. Quero que você vá entregar uma nota por mim."

Nota queria dizer notificação de morte. Em outras palavras, ele queria que eu fosse contar para alguém que alguém próximo tinha morrido. Que alguém que amavam tinha morrido: isso já estava claro, só pela voz dele. E morrido de repente. E violentamente. Pensei um pouco. Poderia ter dito: "Não faço mais isso" (na verdade, porém, Confisco de Bens raramente está livre de cadáveres). E depois poderíamos ter entrado num daqueles diálogos idiotas da TV, com ele dizendo *Você tem de me ajudar a sair dessa* e *Mike, estou implorando*, e eu dizendo *Esqueça*, *De jeito nenhum* e *Nem morto, cara*, até todo mundo ficar realmente entediado e eu finalmente concordar. Ou seja, por que dizer não quando se tem de dizer sim? Para as coisas caminharem. Por isso, simplesmente eu disse de novo: Está bem, estou ouvindo.

"A filha do coronel Tom se matou hoje à noite."

"Jennifer?" E simplesmente saiu: "Não fode".

"Quem dera eu pudesse, Mike. Realmente. Pior que isso, impossível."

"Como?"

"Vinte e dois na boca."

Esperei.

"Mike, quero que você vá notificar o coronel Tom. E Miriam. Agora."

Acendi outro cigarro. Parei de beber, mas, cara, como eu fumo! Disse: "Conheço Jennifer Rockwell desde que ela tinha oito anos".

"Isso mesmo, Mike. Está vendo? Se não for você, quem?"

"Tudo bem. Mas você vai ter de me levar até a cena."

No banheiro, maquiei-me. Como alguém que realizasse uma tarefa doméstica. Ou limpasse um balcão. Com a boca contraída pelo mau humor. Imagino que antes eu era um mulherão, mas agora não passo de mais uma peruona loira.

Sem pensar no assunto, percebi que trazia comigo o bloco de notas, a lanterna, as luvas de borracha, e o 38 cano curto.

No trabalho de polícia, você logo se familiariza com o que chamamos de suicídio "é-tá-certo". Aquele que você entra pela porta, vê o corpo, dá uma olhada no quarto e diz: "É, tá certo". Esse, definitivamente, não era um suicídio "é-tá-certo". Eu conhecia Jennifer Rockwell desde que ela tinha oito anos. Era uma de minhas favoritas. Mas também era favorita de todo mundo. E a vi crescendo numa espécie de acanhamento da perfeição. Brilhante, linda. Sim, estou pensando: brilhante de morrer. Linda de cair morto. E não intimidante — ou intimidante apenas na medida em que as lindas-brilhantes não conseguem evitar sê-lo, por mais acessíveis que pareçam. Ela tinha isso tudo e mais aquilo, e ainda um pouco mais. O pai dela é um policial. Seus dois irmãos, bem mais velhos do que ela, são policiais — ambos do Departamento de Polícia de Chicago, Área Seis. Jennifer não era policial. Era astrofísica, aqui em Mount Lee. Homens? Tirava do cabelo com o pente, e galinhava muito na CSU. Mas durante os últimos anos — meu Deus, não sei — sete ou oito, mais ou menos, ela estava vivendo com outro crânio e gato: Trader. Professor Trader Faulkner. Definitivamente aquele não era um suicídio é-tá-certo. Era um suicídio "não-tá-errado".

Johnny Mac e eu chegamos no carro sem identificação policial. Avenida Whitman. Residências isoladas e semi-isoladas em uma rua orlada de árvores frondosas: um dormitório acadêmico no final da 27. Saltei do carro em minhas calças justas e escarpins baixos.

As radiopatrulhas e os policiais da ronda já estavam lá, como a equipe da perícia e os legistas também, e, lá dentro, Tony Silvera e Oltan O'Boye também. Mais alguns vizinhos. Esses, porém, passamos batido. As figuras de uniforme se agitavam debaixo das luminárias do teto. E eu sabia que atendiam a prioridades súbitas. Era como na zona sul, quando a gente apertava o botão do microfone e dizia que havia uma baixa. *Baixa*, em alguns casos, queria dizer ferrado para sempre, em uma ruela transversal depois de uma perseguição, no chão de um armazém, ou cambaleando sozinho num ponto de drogas com as duas mãos cobrindo os olhos. Quando alguém próximo do polícia de assassinatos começa a se esmerar em horas extras para o polícia de assassinatos, então regras especiais se aplicam. Uma coisa racial. Um ataque a todos nós, até ao menos graduado.

Abri caminho com meu distintivo pelo túnel de uniformes diante da porta da frente, fazendo da síndica minha melhor testemunha ou última-a-ver. Havia uma lua cheia gorda refletindo o sol nas minhas costas. Nem a polícia italiana é romântica com esse negócio de lua cheia. Estamos diante de um aumento de vinte e cinco a trinta e cinco por cento na carga de trabalho. Lua cheia em noite de sexta-feira quer dizer uma vigília de duas horas na ala de emergência e longas filas entrando e saindo da Ortopedia.

Diante da porta do apartamento de Jennifer, Silvera veio ao meu encontro. Silvera. Ele e eu trabalhamos em muitos casos. Ficamos juntos assim em muitos lares destruídos. Mas nenhum como este.

"Meu Deus, Mike."

"Onde ela está?"

"Quarto."

"Você já acabou? Espere, não me diga. Vou entrar."

A porta para o quarto ficava na sala de estar. E eu sabia aonde ir. Porque já estivera nessa residência antes, talvez uma dúzia de vezes na metade de outros tantos anos — para entregar algo para o coronel Tom, dar uma carona para Jennifer até um jogo de beisebol ou uma festa na praia ou uma solenidade no departamento. Para ela e, algumas vezes, para Trader também. Era tipo uma amizade funcional, mas com ótimos papos no carro. E enquanto atravessava a sala de estar e me inclinava para a porta do quarto vislumbrei, na memória de uns dois verões atrás, uma festa que Overmars deu depois de concluir sua nova cobertura, quando surpreendi o olhar de Jennifer sorrindo por sobre o cálice de vinho branco que estivera bebericando a noite inteira. (Claro que, exceto eu, todos estavam completamente bêbados.) Pensei então que ali estava alguém com verdadeiro talento para a felicidade. Muita gratidão nela. Eu precisaria de um megaton de uísque para me incendiar daquele jeito, mas ela parecia tomada de amores com meia taça de vinho branco.

Entrei e fechei a porta atrás de mim.

É assim que a gente faz. Meio que desliza lentamente para dentro da cena. Primeiro a periferia. O corpo por último. Quer dizer, eu sabia onde ela estava. Meu radar voltou-se para a cama, mas ela tinha feito a coisa numa cadeira. No canto, à minha direita. Do outro lado: cortinas semicerradas contra o luar, penteadeira arrumada, lençóis amarrotados, e um leve cheiro de luxúria. A seus pés, uma velha fronha manchada de preto e uma lata entornada de 303.

Eu disse que estou habituada a ficar perto de corpos mortos. Mas senti uma onda plena de calor quando vi Jennifer Rockwell, nua e com olhar vítreo na cadeira, a boca aberta, os olhos ainda úmidos, numa expressão de surpresa infantil. A surpresa leve, não pesada, como se ela tivesse deparado com algo que tinha perdido e já não esperava encontrar. E não totalmente despida. Meu Deus! Ela tinha feito a coisa com uma toalha enrolada ao redor da cabeça formando um turbante, como se faz para secar os cabelos. Mas claro que agora a toalha estava completamente encharcada de vermelho-vivo e parecia pesar mais do que qualquer mulher viva pudesse carregar.

Não, não a toquei. Apenas tomei notas e desenhei meu esboço do corpo, com zelo profissional — como se voltasse na rotação. O 22 jazia de cabeça para baixo e quase a seu lado, apoiado contra a perna da cadeira. Antes de sair do quarto, apaguei a luz durante um segundo com uma das mãos enluvadas e lá estavam seus olhos ainda úmidos ao luar. Cenas de crime a gente olha como quebra-cabeça nos jornais. Encontre as diferenças. E algo estava errado. O corpo de Jennifer era lindo — ninguém ousaria rezar por um corpo como aquele — mas algo estava errado com ele. Estava morto.

Silvera entrou para ensacar a arma. Depois, os técnicos da criminalística tomariam suas impressões digitais, mediriam distâncias e tirariam muitas fotos. Em seguida, viria o legista e a empacotaria. E depois a declararia morta.

O júri ainda delibera sobre mulheres na polícia. Sobre se elas podem agüentar. Ou durante quanto tempo. Por outro lado, talvez seja eu: talvez eu seja simplesmente outra incompetente. A polícia de Nova York, por exemplo, agora tem quinze por cento de mulheres. E no país inteiro, detetives mulheres continuam fazendo um trabalho excelente, um trabalho reconhecido. Mas estou achando que devem ser algumas mulheres muito, muito excepcionais. Muitas vezes, quando eu estava na Homicídios, disse para mim mesma: *Vá embora, garota. Ninguém está segurando você. Simplesmente vá embora.* Assassinato é trabalho para homem. Homens os cometem, homens se safam, homens os resolvem, homens os julgam. Porque homem gosta de violência. As mulheres realmente não aparecem tanto, exceto como vítimas, e entre os enlutados, naturalmente, e como testemunhas. Dez ou doze anos atrás, durante a escalada armamentista no fim do primeiro mandato de Reagan, quando todo mundo estava preocupado com a questão nuclear, eu achava que o homicídio final estava a caminho e que eu logo receberia o chamado do plantonista avisando-me da morte de cinco bilhões de pessoas: "Todos mortos, só nós dois sobramos". Em sã consciência e à plena luz do dia, os homens se sentavam a escrivaninhas preparando planos de contingência para assassinar *todo mundo*. Eu ficava dizendo bem alto: "Onde estão as mulheres?". Onde *estavam* as mulheres? Vou dizer para vocês: eram testemunhas. Aquelas pivetes dispersas em barracas em Greenham Common, Inglaterra, enlouquecendo os militares com sua presença e olhar fixo, eram testemunhas. Naturalmente, o dispositivo nuclear, a máquina nuclear, era estritamente só para homens. Assassinato é assunto de homem.

Mas se há um aspecto do trabalho com homicídios que as mulheres fazem quase mil vezes melhor que os homens é entregar uma notificação. Mulheres são boas nisso — dar notícias. Os homens estragam tudo por causa do modo como sempre lidam com a emoção. Eles sempre têm de *encenar* a notificação de morte e, dessa forma, surgem como um pastor ou um pregoeiro público, ou sempre entorpecidos e hipnotizados como alguém que lê em voz alta uma lista de artigos de consumo ou pontuações de boliche. Depois, no meio do caminho, dão-se conta do que estão fazendo e é quase certo que estão prestes a esquecer a fala. Já vi policiais de ronda caírem na risada diante de um pobre coitado cuja esposa acabara de ser atropelada por uma jamanta. Em tais momentos, os homens percebem que são impostores, e a partir daí tudo pode acontecer. Por outro lado, eu diria que as mulheres sentem, de imediato, o peso real da coisa e, depois, que se trata de um evento difícil mas não antinatural. Às vezes, é claro, *elas* desatam a rir — quer dizer, as que supostamente sofreram perda. Estamos apenas cumprindo a rotina de nosso-triste-dever e elas acordando os vizinhos às três da manhã para dar uma festa.

Bem, não era isso que iria acontecer hoje à noite.

A residência dos Rockwell fica nos subúrbios a noroeste, na saída para Blackthorn: vinte minutos. Deixei Johnny Macatitch no carro enquanto eu dava a volta pela traseira, como normalmente faço durante uma visita. Estava chegando ao lado da casa e dei um tempo. Para pisar sobre o cigarro. Respirar. E dava para vê-los lá dentro pelas janelas blindadas e atrás das plantas em vasos da cozinha, Miriam e o coronel Tom, dançando. Dançando tuíste, lentos e sem dobrar inteiramente os joelhos, ao som do saxofone libidinoso que produzia um ruído contínuo como o do jantar na panela. Tilintaram os cálices. Vinho tinto. Lá em cima pulsava a lua cheia, e as nuvens pelo meio das quais ela corria pareciam mais nuvens da lua do que nossas nuvens. Sim, uma noite inesquecivelmente bela. E aquela beleza era parte desta história. Como se armada em meu benefício, como o quadro emoldurado pela janela da cozinha: um casamento de quarenta anos que ainda incluía trepadas. Sob uma noite tão suave que parecia dia.

Quando você é portador de notícias do tipo das que eu estava trazendo, há ramificações físicas. O corpo se sente adensado. O corpo se sente importante. Tem poder, porque traz verdade poderosa. Digam o que quiserem sobre essas notícias, mas é a verdade. É a verdade. É *a realidade*.

Bati no vidro da porta dos fundos.

O coronel Tom virou-se, contente de me ver. Sem o menor sinal de incômodo, como se eu pudesse vir a roubar o brilho de sua noite. No momento em que ele abriu a porta, porém, pude sentir meu rosto desmoronando. E soube o que ele pensou. Pensou que eu tinha caído de novo naquela. Ou seja, na bebida e tudo o mais.

"Mike. Nossa, Mike, você está bem?"

"Coronel Tom? Miriam?", falei. Mas Miriam já estava desaparecendo e se esvaindo de minha visão. Desaparecendo a dez metros por segundo ao quadrado. "Você perdeu sua filha neste dia. Você perdeu sua Jennifer."

Ele parecia ainda estar tentando passar por aquilo sorrindo. O sorriso agora começava a suplicar. Tiveram David num ano, Yehoshua no seguinte. E aí, uma década e meia depois, Jennifer.

"É, ela se foi", falei. "Pela própria mão."

"Isso é loucura!"

"Coronel Tom, o senhor sabe quanto eu gosto do senhor e que nunca lhe diria uma mentira. Mas parece que sua menina se suicidou. Foi. Se suicidou."

Eles pegaram os casacos e fomos para a central. Miriam ficou no carro com Johnny Mac. O coronel Tom fez a identificação, apoiado em uma porta de congelador, na sala do legista na Battery com a Jeff.

Oltan O'Boye estaria seguindo para leste, para o campus. Levando as notícias para Trader Faulkner.

5 de março

Acordei esta manhã com Jennifer parada ao pé de minha cama, esperando que meus olhos se abrissem. Olhei, e ela desapareceu.

O fantasma de uma pessoa morta deve dividir-se em muitos fantasmas — para começar. Um trabalho enorme — para começar. Porque há muitos quartos para visitar, muitos adormecidos para encarar.

Alguns adormecidos — talvez só dois ou três — o morto jamais abandonará.

6 de março

Às terças, fico trabalhando até altas horas. Assim, às terças geralmente passo uma tarde em Leadbetter. Vestindo calça e paletó cinza, me instalo no meu escritório, dezoito andares acima do ponto onde a Wilmot termina na Grainge. Trabalho aqui em tempo parcial como consultora de segurança e passarei a meio período ou mais quando finalmente tiver completado meus vinte e cinco anos de serviço regulamentares. A data — minha admissão no serviço — é 7 de setembro de 1974. A aposentadoria já está me farejando para ver se estou madura.

Ligaram da portaria para avisar que eu tinha uma visita: o coronel Rockwell. Francamente, fiquei surpresa ao sabê-lo circulando. Que eu soubesse, os rapazes tinham vindo de Chicago e o telefone estava fora do gancho. Os Rockwell estavam se entrincheirando.

Deixei de lado o layout da csss que estava examinando e me maquiei. Pelo interfone, pedi a Linda que esperasse o elevador chegar e trouxesse o coronel direto para minha sala.

Ele entrou.

"Olá, coronel Tom."

Fui em sua direção, mas ele pareceu aceitar um vale para o abraço que eu estava lhe oferecendo e manteve o queixo abaixado enquanto lhe despíamos o casaco. A cabeça continuou baixa quando ele sentou na poltrona de couro. Voltei para trás da escrivaninha e disse:

"Como vão as coisas com o senhor, querido coronel Tom?"

Ele deu de ombros. Soltou o ar devagar. Ergueu os olhos. E vi o que raramente se vê nos pesarosos. Pânico. Um pânico primitivo, um pânico de qi baixo, nos olhos — o que nos faz pensar no significado da palavra *estouvado*. E produziu pânico em *mim*. Pensei: ele está dentro de um pesadelo e agora também estou. O que faço se ele começar a gritar? Começo a gritar? Todo mundo deveria começar a gritar?

"Como está Miriam?"

"Muito calada", disse ele, após um momento.

Esperei. "Vá com calma, coronel", eu disse. Achei que poderia ser uma boa idéia fazer algo neutro e calmante, tipo, quem sabe, levar um papo formal. "Diga o máximo ou o mínimo que quiser."

Tom Rockwell foi supervisor de Esquadra durante grande parte de meu tempo na Homicídios. Isso foi antes de ele poder entrar em seu elevador expresso privativo e apertar o botão marcado Cobertura. No período de dez anos, passou a tenente como comandante de turma, depois a capitão encarregado da Crimes Contra Pessoas, depois a coronel como chefe do DIC. Agora é alta patente: não é polícia, é político, comparando estatísticas, orçamentos e folhas de pagamento. Poderia chegar a comissário para Operações. Deus do céu, poderia chegar a prefeito. "É tudo lavagem cerebral e puxa-saquismo", disse-me certa vez. "Você sabe o que eu sou? Não sou policial. Sou um comunicador." Mas agora o coronel Tom, o comunicador, estava apenas ali sentado, muito quieto.

"Mike. Tem alguma coisa acontecendo aqui."

Mais uma vez, esperei.

"Alguma coisa errada."

"Também acho", falei.

A resposta diplomática — mas seu olhar se voltou para mim.

"Como você interpreta isso, Mike? Não como amiga. Como polícia."

"Como polícia? Como polícia, devo dizer que parece um suicídio, coronel Tom. Mas poderia ter sido um acidente. Lá estava o trapo e a lata de 303. Talvez ela estivesse limpando e..."

Ele vacilou. E claro que entendi. É. O que ela estava fazendo com o ·22 na boca? Saboreando-o, talvez. Saboreando a morte. E daí ela...

"É o Trader", disse ele. "Tem de ser o Trader."

Bem, isso levaria algum tempo para determinar. Tudo bem. Agora, às vezes é verdade que um aparente suicídio se transforma, após a investigação, num homicídio. Mas essa inspeção leva aproximadamente dois segundos. São dez horas da noite de um sábado, em Destry ou Oxville. Um negro acabou de detonar sua garota com uma espingarda. Mas uns dois picos depois, ele elabora um esquema brilhante: vai fazer com que pareça que *ela* fez aquilo. Dessa forma, ele dá uma limpeza na arma e a deixa apoiada na cama ou em qualquer outro lugar. Ele poderia até tomar a iniciativa de rabiscar um bilhete, com suas próprias mãos limpas. Costumávamos ter um desses bilhetes pregado no mural da sala do esquadrão. Dizia: "Adeuz, Mundu Cruéu". *Bem, isso é triste pra cacete, Marvis*, a gente diz quando chega lá, atendendo ao chamado de Marvis. *O que aconteceu?* E Marvis diz: *Ela estava deprê*. Discretamente, Marvis sai do quarto. Ele fez sua parte. O que mais um homem pode fazer? Agora é a nossa vez. Olhamos o cadáver: não há nenhuma queimadura ou sinal de pólvora no ferimento e a mancha de sangue está no travesseiro errado. E na parede errada. Você segue Marvis até a cozinha e ele está parado lá com um envelope de glassina em uma das mãos e uma colher quente na outra. *Homicídio. Heroína. Legal, Marvis. Venha. Delegacia. Porque você é uma droga de assassino. E um filho da puta degenerado. É por isso.* Um homicídio vai ao baile vestido de suicídio: isso é o que se espera de um pivete retardado no 77. Mas de Trader Faulkner, professor-adjunto de filosofia da ciência na csu? *Por favor!* O assassinato inteligente simplesmente nunca acontece. Isso é tudo besteira. Isso é tudo tão... patético. Foi o professor. Ah, mas claro! Assassinato é burrice em cima de burrice. Só duas coisas nos melhoram na área: sorte e prática. Se estamos lidando com pessoas razoavelmente jovens e saudáveis, e se os meios são violentos, então a zona nebulosa homicídio/suicídio é a tv, é besteira, é ketchup. Não cometa nenhum engano, nós perceberemos se houve algum — porque *queremos* que os suicídios sejam homicídios. *Preferimos* mil vezes os homicídios. Um homicídio resolvido significa horas extras, melhora em nossas estatísticas de casos solucionados, e orgulho na sala do esquadrão. E um suicídio não vale coisa nenhuma para ninguém.

Esta não sou eu, pensei. Não sou eu sentada aqui. Não estou por aqui.

"Trader?"

"Trader. Ele estava lá, Mike. Foi o último a ver. Não estou dizendo que ele... Mas é o Trader. Trader é o dono dela. É o Trader."

"Por quê?"

"*Quem mais?*"

Recostei-me na cadeira, afastando-me daquilo. Só que ele prosseguiu, dizendo em sua voz embargada:

"Me corrija se estou errado. Você já encontrou alguém mais feliz que Jennifer? Já ouviu falar de uma pessoa mais feliz que Jennifer? Mais estável? Ela era, ela era *ensolarada.*"

"Não, o senhor não está errado, coronel Tom. Entretanto, no momento em que a gente realmente entra na alma de alguém... O senhor e eu sabemos que sempre houve muita dor."

"Não havia nada..."

Nesse ponto, a voz dele deu uma espécie de soluço de susto. E achei que ele estivesse imaginando os últimos momentos dela. Isso custou-lhe algumas engolidas, e depois ele continuou:

"Dor. Por que ela estava nua, Mike? Jennifer. A Miss Modéstia. Que nunca possuiu nem um biquíni. Com o corpo *dela*."

"Desculpe-me, senhor, estão trabalhando no caso? Silvera está nele? O quê?"

"Sustei o caso, Mike. Está pendente. Porque vou lhe pedir que faça uma coisa para mim."

A TV et cétera teve um efeito terrível nos criminosos. Deu-lhes *estilo.* E a TV arruinou para sempre os jurados americanos. E os advogados americanos. Mas a TV também ferrou conosco, polícias. Nenhuma atividade foi tão maciçamente transformada em ficção. Eu estava com um punhado de declarações retumbantes na ponta da língua, tipo: *Eu tinha me demitido quando você entrou aqui. Estou duas vezes mais demitida agora.* Mas era com o coronel Tom que eu estava falando. Por isso, disse a pura verdade.

"O senhor salvou a minha vida. Faço qualquer coisa pelo senhor. O senhor sabe disso."

Ele se abaixou para apanhar a maleta. Dela retirou uma pasta. Jennifer Rockwell. H97143. Estendeu-a para mim, dizendo:

"Me traga alguma coisa com que eu possa conviver. Porque não consigo conviver com isso."

Agora ele me deixava olhar para ele. O pânico abandonara seus olhos. Quanto ao que restava, bem, eu vira aquilo mil vezes. A pele é fosca e não contém um watt de luz. O olhar não penetra em parte alguma do mundo. Não pode penetrar. Sentado do outro lado da escrivaninha, eu já estava fora de alcance.

"Está um pouco confuso, não, coronel Tom?"

"É, está um pouco confuso. Mas é o modo como vamos fazer a coisa."

Recostei-me e disse, experimentalmente: "Continuo tentando refletir sobre isso tudo. Você está sentado ali, meio à toa com ela — com a arma. Limpando a arma. Brincando com ela. Aí vem um pensamento perverso. Um pensamento infantil". Ou seja, é assim que uma criança inteligente descobre alguma coisa. Põe a arma na boca. "Você a põe na boca. Você..."

"Não foi um acidente, Mike", disse ele, de pé. "Hipótese descartada, a partir dos indícios. Espere até receber um pacote, amanhã."

Fez um gesto de anuência com a cabeça. Esse pacote, parecia dizer seu gesto, iria esclarecer-me.

"O que é, coronel Tom?"

"Algo para o seu videocassete."

E pensei: ai, meu Deus. Nem me diga! Os jovens amantes em seu calabouço de grife. Eu até podia ver. Os jovens amantes, em sua instalação correcional sob encomenda — Trader em sua roupa de Batman e Jennifer algemada à cama vestindo somente penas e piche.

Mas o coronel Tom logo me tranqüilizou.

"É a autópsia", disse ele.

7 de março

Com o AA, o golfe, o grupo de discussão às segundas, o curso noturno às quintas na Pete (juntamente com inúmeros e intermináveis cursos por correspondência), mais o turno das noites de terça, e os sábados, quando tendo a me encontrar com meus cupinchas no 44 — com tudo isso, meu namorado diz que não tenho tempo para namorado e talvez meu namorado tenha razão. Mas eu tenho namorado: Tobe. Ele é um amor e eu o estimo e preciso dele. Uma coisa sobre Tobe — ele certamente sabe como fazer uma mulher sentir-se esbelta. Tobe é totalmente enorme. Ele enche o quarto. Quando ele chega tarde, é pior que o trem noturno: todas as vigas do prédio acordam e gemem. Acho o amor difícil. O amor me acha difícil. Aprendi isso com Deniss, do jeito pesado. E Deniss aprendeu isso também. É muito simples: o amor me desestabiliza, e não posso me permitir ser desestabilizada. Por isso, Tobe aqui me satisfaz inteiramente. A estratégia dele, desconfio, é não sair de perto e crescer em meu conceito. E está funcionando. Mas tão lentamente que não creio que viva o bastante para saber se a coisa toda deu certo.

Obviamente, Tobe não é nenhum inocente: ele divide um quarto com a detetive Mike Hoolihan. Mas quando lhe contei o que passaria na televisão aquela noite, ele se mandou para o Fretnick para tomar umas geladas. A gente tem bebida no apartamento e de certo modo gosto de saber que está lá, mesmo que morra se encostar a mão nela. Preparei o jantar mais cedo para ele. E por volta das sete ele acabou de devastar a costeleta de porco e se mandou porta afora.

Quero dizer agora mesmo uma coisa quanto a mim e ao coronel Tom. Certa manhã, por volta do final de minha carreira na Homicídios, cheguei para o turno das oito às quatro — atrasada, bêbada, com uma cara feita de areia alaranjada, e carregando meu fígado a tiracolo como uma sacola de viagem. O coronel Tom me fez entrar em seu escritório e disse: *Mike, pode se matar, se isso é o que você quer. Mas não espere que eu fique assistindo você fazer isso.* Tomou-me pela mão e me conduziu à segunda fileira da garagem da sede. Levou-me de carro diretamente para o hospital Lex. O médico da recepção examinou-me e a primeira coisa que disse foi: *Você mora sozinha, certo?* E eu disse: *Não. Não, não moro sozinha.* Moro com Deniss... Depois que me desintoxicaram, convalesci na residência dos Rockwell — foi na época em que eles viviam superbem, em Whitefield. Durante uma semana, fiquei deitada em um quartinho nos fundos do andar térreo. O tráfego distante era música, e as pessoas que não eram pessoas — bem como as que eram — vinham e ficavam ao pé de minha cama. Tio Tom, Miriam, o médico da família. E depois os outros. E Jennifer Rockwell, que estava com dezessete anos, chegava e lia para mim à noite. Eu ficava ali deitada tentando escutar sua voz jovem e clara, e me perguntava se Jennifer era real ou só mais um dos fantasmas que de vez em quando me visitavam, figuras frias, auto-suficientes, não reprovadoras, de rostos esculpidos e azuis.

Nunca me senti julgada por ela. Ela também tinha seus problemas naquela época. E era filha de um polícia. Ela não julgava.

Primeiro, reexaminei a pasta do caso, onde se encontra até o menor detalhe da tediosa titica, como a leitura do hodômetro do carro sem identificação policial que Johnny Mac e eu dirigimos naquela noite — a noite de quatro de março. Mas quero todas as fontes de informação. Quero ancorar uma seqüência em minha cabeça.

19h30. Trader Faulkner é o último a ver. Trader declarou ter saído da casa dela nessa hora, como sempre fazia nas noites de domingo. O humor aparente de Jennifer é descrito aqui como "alegre" e "normal".

19h40. A senhora do apartamento do sótão cochila na frente da TV e é despertada por um tiro. Ela liga para o 911.

19h55. Chega o policial da ronda. A vizinha do sótão, sra. Rolfe, tem um jogo de chaves sobressalentes do apartamento de Jennifer. O policial da ronda consegue entrar e encontra o corpo.

20h05. Tony Silvera recebe a chamada na sala do esquadrão. O plantonista dá o nome da vítima.

20h15. Sou convocada pelo sargento-detetive John Macatitch.

20h55. Jennifer Rockwell é declarada morta.

E doze horas depois ela é cortada.

TACEANT COLLOQUIA, diz na parede. EFFUGIAT RISUS. HIC LOCUS EST UBI MORS GAUDET SUCCURRERE VITAE.

Que cesse a conversa. Que a risada fuja. Este é o lugar onde a morte se delicia em ajudar os vivos.

Morra de modo suspeito, morra de modo violento, morra de modo insólito — de fato, morra praticamente em qualquer lugar distante de uma unidade de tratamento intensivo ou de um hospício — e você será cortado. Morra desacompanhado, e você será cortado. Se você morre *nesta* cidade americana, os paramédicos o trarão para o gabinete do legista na Battery e Jefferson. Quando chega a hora de cuidar de você, você será deslizado para fora do congelador, pesado, e transferido para uma cama de zinco sobre rodas, sob o foco de uma câmera instalada no teto. Antes costumava haver um microfone, e usavam-se Polaroids. Agora é uma câmera de vídeo. Agora é a TV. Nessa fase suas roupas serão examinadas, retiradas, ensacadas e encaminhadas para o Controle de Provas. Mas Jennifer não está usando nada além de uma etiqueta no dedão do pé.

E aí começa.

Talvez fosse melhor eu salientar que o próprio processo, para mim, não significa quase nada. Quando eu investigava homicídios, a sala de autópsia era parte de minha rotina diária. E ainda passo por lá pelo menos uma vez por semana. O Confisco de Bens, que é uma subdivisão da Crime Organizado, envolve muito mais operações do que parece. Fazemos basicamente o seguinte: extorquimos da Máfia. Um boato de conspiração, lá perto da lagoa, e confiscamos a marina inteira. Portanto, lidamos com corpos. Corpos encontrados, quase sempre, nos porta-malas de carros alugados no aeroporto. Impecavelmente executados e cheios de balas. Às vezes passamos metade da manhã no gabinete do legista por causa de todas as balas que eles precisam localizar... O processo em si não significa muito para mim. Mas Jennifer sim. Estou quase certa de que o coronel Tom não assistiu a isso, e teria confiado no resumo de Silvera. Por que estou assistindo a isso? Retirem-se os corpos, e a sala de autópsia parecerá a cozinha de um restaurante que ainda não abriu. Estou assistindo. Estou sentada no sofá, fumando, tomando notas, e acionando a pausa. Estou prestando testemunho.

Silvera está lá: posso ouvi-lo informando o patologista. Jennifer está lá, com a etiqueta no dedão do pé. Aquele corpo.

As fotos da cena no dossiê do caso, com os olhos e a boca úmidos, quase poderiam ser consideradas pornográficas (artísticas e de "bom gosto" — uma espécie de *ecce femina*), mas agora não há nada de erótico nela, rígida como na unidade frigorífica, e estendida numa laje entre spots e azulejos. E todas as cores erradas. A química da morte está ocupada com ela, mudando-a do alcalino para o ácido. *Este é o corpo...* Espera aí! Aquele parece o Paul No. Sim, o cortador é Paulie No. Acho que não se pode culpar um sujeito por amar seu trabalho, ou por ser indonésio, mas devo dizer que essa pequena rampa me dá arrepios. Este é o corpo, ele está dizendo, repetindo o sacramento: *Hoc est corpus.*

"Este é o corpo de uma mulher branca bem desenvolvida, bem nutrida, medindo um metro e setenta e cinco de altura e pesando aproximadamente sessenta quilos. Não está vestindo nada."

Primeiro o exame externo. Instruído por Silvera, No realiza um exame preliminar do ferimento. Ele dirige uma luz para a boca que está enrijecida e semi-aberta e vira o corpo de Jennifer sobre o lado para examinar a saída da bala. Em seguida, esquadrinha a epiderme inteira em busca de anormalidades, marcas, sinais de luta. Particularmente as mãos, as pontas dos dedos. No recolhe amostras das unhas e executa os testes químicos para bário, antimônio e depósitos de chumbo — para confirmar que ela disparou o 22. Lembro-me de que foi o coronel Tom quem comprou aquela arma para ela, anos atrás, e a ensinou a usá-la.

Elétrico como sempre, Paulie No colhe amostra oral, vaginal e anal com cotonetes. Inspeciona também a área do períneo em busca de cortes ou lesões. E novamente estou pensando no coronel Tom. Porque esse é o único modo de sua interpretação funcionar. Ou seja, para que Trader esteja envolvido, deve ser uma questão de sexo, certo? Tem de ser. E tudo parece errado. Algumas coisas curiosas podem acontecer na mesa do cortador. Um suicídio duplo pode revelar-se um homicídio-suicídio. Um estupro-assassinato pode revelar-se suicídio. Mas um suicídio pode revelar-se um estupro-assassinato?

31

Autópsia é estupro também, e aí vem ele. No momento em que a primeira incisão é feita, Jennifer se torna toda corpo, ou somente corpo. Paul No está entrando agora. Adeus! A inclinação o faz parecer um escolar, a cabeça brilhante imersa, e o bisturi seguro como uma caneta enquanto ele faz os três cortes na forma de um Y, dois saindo dos ombros e juntando-se na depressão do estômago, e daí para baixo pela pélvis. As abas são alçadas — o que me faz pensar num carpete sendo erguido após ser danificado por inundação ou fogo — e No penetra as costelas com a serra elétrica. O peitoral sai como uma tampa de inspeção e em seguida a árvore de órgãos é removida inteira (a árvore e seu estranho fruto) e depositada na pia de aço ao lado. No disseca coração, pulmões, rins, fígado, e tira amostras de tecido para análise. Agora ele está raspando a cabeça, trabalhando no ferimento da saída da bala.

Mas aqui é o pior. A serra elétrica está circunavegando o crânio de Jennifer. Uma alavanca está sendo enfiada sob o teto do crânio, e aí você fica esperando o estalo. E agora acho que *meu* corpo, tão ordinário e assimétrico, fonte de tão pequeno prazer ou orgulho, tão negligenciado, tão ressequido, subitamente está entrando em funcionamento, fazendo das suas: ele quer atenção. Quer sair fora dessa coisa toda. O estalo craniano é tão sonoro quanto um tiro. Ou uma tosse terrível. No está apontando para algo, e Silvera se inclina para a frente, e logo depois os dois homens estão recuando, surpresos.

Assisto, pensando: coronel Tom, eu entendo. Mas tenho dúvidas quanto à importância disto.

Parece que Jennifer Rockwell atirou três vezes na própria cabeça.

Não. Não, não moro sozinha, disse eu. Moro com Deniss. E só daquela vez derramei lágrimas. Não moro sozinha. Moro com Deniss.

Enquanto eu estava dizendo essas palavras, Deniss, na realidade, fazia cara feia pelo pára-brisa de um furgão, conduzindo a si e a todos os seus pertences em alta velocidade rumo à fronteira do estado.

Portanto, eu realmente morava sozinha. Não morava com Deniss.

Agora é Tobe quem começa a subir os degraus? Ou é o primeiro rumor do trem noturno? O prédio sempre parece ouvi-lo chegando, o trem noturno, e se encolhe todo assim que ouve aquele grito desesperado na distância.

Não moro sozinha. Não moro sozinha. Moro com Tobe.

9 de março

Acabo de voltar de meu encontro com Silvera.

A primeira coisa que ele me disse foi: "Odeio isso".

Eu disse você odeia o quê?

Ele disse toda essa coisa maldita.

Eu disse o coronel Tom acha que isso caracteriza homicídio.

Ele disse o quê caracteriza?

Eu disse os três tiros.

Ele disse Rockwell nunca foi muito bom. Nas ruas.

Eu disse ele levou tiro em serviço, pelo amor de Deus! Porra, ele já levou tiro em serviço.

Silvera fez uma pausa.

"Qual foi a última vez que *você* levou um pelo Estado?", perguntei.

Silvera continuou calado. Mas não era isso. Ele não estava pensando naquele tempo, na história da companhia, em que Tom Rockwell levou um tiro na zona sul, como policial de ronda, enquanto desentocava marginais de um ponto de drogas. Não, Silvera estava simplesmente contemplando a própria curva de sua carreira.

Acendi um cigarro e disse: "O coronel Tom acha que está parecendo homicídio".

Ele acendeu um cigarro e disse: "Porque isso é tudo o que ele tem. Você atira uma vez na própria boca. Isso é a vida. Você atira duas vezes. Epa! Acidentes acontecem. Você atira três vezes em si mesmo. Você realmente está querendo partir".

Estávamos no Hosni, a pequena espelunca da Grainge. Popular entre os polícias por sua excelente seção de fumantes. O próprio Hosni não é fumante. Ele é um anarquista. Jogou fora metade de suas mesas apenas para burlar a lei da cidade. Não sinto orgulho de meu hábito, e sei que a cruzada de Hosni é uma cruzada que vamos acabar perdendo. Mas todos os tiras fumam pra cacete, e acho que isso é parte do que damos ao Estado — nossos pulmões, nossos corações.

Silvera disse: "E era um 22. Um revólver".

"É. Não uma pistola de brinquedo. Ou uma arma de veado. Você sabe, como uma *derringer* ou coisa parecida. A velha lá de cima. Ela disse que ouviu um tiro?"

"Ou foi acordada por um tiro e depois ouve o segundo ou o terceiro. Ela bebeu licor e apagou diante da tv. O que *ela* vai saber?"

"Vou conversar com ela."

"Este caso é muito caviloso", disse Silvera. "Quando Paulie No fez a fluoroscopia, de repente estávamos olhando para três balas. Uma ainda está na cabeça dela, certo? Uma está no Controle de Provas: a que tiramos da parede da cena. Depois da autópsia voltamos até lá. Só tem um buraco na parede. Descobrimos outra bala. Duas balas. Um buraco."

Em si, não era grande coisa. Nós, polícias, estamos bem fartos de balísticas. Lembram-se do assassinato de Kennedy e da "bala mágica"? Sabemos que toda bala é uma bala mágica. Particularmente a 22 de ponta redonda. Quando uma bala entra num ser humano, fica histérica. Como se soubesse que não deveria estar ali.

Eu disse: "Já vi duas. Em suicídios. Acho possível três".

"Escute, já *persegui* camaradas que levaram três na cabeça."

A verdade era que estávamos esperando uma ligação. Silvera tinha pedido ao coronel Tom que deixasse Overmars no caso. Parecia ser a escolha óbvia, por suas relações com o FBI, Quantico, Virgínia. E naquele momento Overmars estava acionando os computadores federais, procurando registros de suicídios com três-na-cabeça. Eu estava achando aquilo um cálculo bizarro. Cinco na cabeça? Dez? Quando se tem *certeza?*

"O que você conseguiu hoje de manhã?"

"Só baboseira. E você?"

"É, tá certo."

Silvera e eu estivéramos também trabalhando ao telefone naquela manhã. Tínhamos ligado para todo mundo que pudesse ter uma opinião sobre Jennifer e Trader como casal, e ambos compiláramos a mesma versão barata de como pareciam ter sido feitos um para o outro — no céu. Não havia, para dizer isso de forma amena, nenhuma evidência de prévia troca de tiros. Até onde todos sabiam, Trader nunca tinha elevado a voz, para não falar em seu punho, diante de Jennifer Rockwell. Era constrangedor: o tempo todo, só ninharias melosas.

"Por que ela estava nua, Tony? O coronel Tom disse que a Miss Modéstia jamais possuíra nem um biquíni. Por que desejaria ser encontrada desse modo?"

"Nua é o que menos importa. Ela está morta, Mike. Pro inferno com esse negócio de nua."

Nossos blocos de anotações estavam abertos sobre a mesa. Lá estavam nossos esboços da cena. E Jennifer desenhada como garatuja: uma linha para o tronco, quatro linhas para os membros, e um pequeno círculo para a cabeça, com uma seta apontando para ela. Uma garatuja. Seria sempre *aquela* imprecisão?

"Isso diz alguma coisa."

Silvera me perguntou o quê.

"Ora, diz que sou vulnerável. Diz que sou uma mulher."

"Diz dá só uma olhada nisso!"

"Playmate do Mês."

"Playmate do Ano. Mas não é esse tipo de corpo. Parece mais um corpo de atleta com seios."

"Talvez estejamos entrando no final de um lance de sexo. Não me diga que isso não passou pela *sua* cabeça."

Seja polícia pelo tempo suficiente, e veja de tudo muitas vezes, e acabará sendo atraído por um ou outro vício humano. Jogo, droga, bebida ou sexo. Se você é casado, tudo isso aponta para a mesma direção: divórcio. O lance do Silvera é sexo. Ou talvez o lance dele seja divórcio. O meu, evidentemente, era bebida. Uma noite, perto do fim, um caso importante foi resolvido e a turma toda foi jantar no Yeats. Quando estávamos na última rodada de pratos, notei que todo mundo olhava na minha direção. Por quê? Porque eu estava soprando minha sobremesa. Para esfriá-la. E minha sobremesa era sorvete. Além disso, eu era uma bêbada ruim, a pior, como uma combinação de sete anões terríveis entalados numa jaqueta de couro e calças jeans pretas apertadas: estridente, brigona, desleixada, desprezível, nojenta, chorona e libidinosa. Entrava numa espelunca e caminhava até o balcão encarando os rostos um a um. Nenhum homem ali sabia se eu ia agarrá-lo pela garganta ou pelo pinto. E nem eu sabia. Não era muito diferente no DIC. No momento em que saí, não havia um tira no prédio inteiro que, por uma razão ou outra, eu não tivesse jogado contra uma parede de banheiro.

Silvera é mais jovem do que eu, e seu quarto casamento está saindo dos eixos. Até os trinta e cinco, diz ele, transava com a esposa, namorada, irmã e mãe de cada um de seus detidos. E é verdade que tem um olhar de tesão permanente. Se Silvera estivesse na Entorpecentes, você imediatamente o tomaria por um doidão: os ternos folgados da moda, o toque alucinado nos olhos, o cabelo italiano penteado para trás e sem repartir. Mas Silvera é careta. O setor de assassinatos não é rendoso. E ele é um puta detetive. Porra, se é! Só que ele viu filmes demais, como todos nós.

"Ela está nua", falei, "na cadeira do seu quarto. No escuro. Tem vezes em que uma mulher topa abrir a boca para um homem."

"Não conte ao coronel Tom. Ele não ia dar conta."

"Nem apreciar esta. Trader sai às dezenove e trinta. Como sempre. E daí o *outro* namorado dela aparece."

"É, louco de ciúme. Olhe, você sabe o que o coronel Tom está tentando fazer."

"Ele quer saber quem. Vou lhe dizer uma coisa. Se for suicídio, vou me sentir um enorme e horroroso porquê."

Silvera olhou para mim. Os polícias parecem realmente soldados da infantaria, pelo menos nesse aspecto. Não cabe a nós perguntar por quê. Dê-nos o como e depois nos dê o quem, é o que dizemos. Mas dane-se o porquê. Lembrei-me de algo... algo que estava pretendendo perguntar.

Eu disse você passa cantada em tudo o que se mexe, certo?

Ele disse é mesmo?

Eu disse é. Se a sua alergia não estiver aprontando. Você alguma vez tentou cantar a Jennifer?

Ele disse mas claro! Com uma mulher daquelas você tem de *tentar*, pelo menos. Você nunca ia se perdoar se pelo menos não *tentasse*.

Eu disse e?

Ele disse ela me deu um fora. Mas numa boa.

Eu disse então você não teve de chamá-la de geladeira ou sapatão. Ou freira. Ela era religiosa?

Ele disse ela era uma cientista. Astrônoma. Astrônomos não são religiosos. São?

Eu disse como diabos ia saber?

"O senhor poderia apagar esse cigarro, por favor?"

Virei-me.

O sujeito diz "Desculpe-me. Senhora. Poderia apagar esse cigarro, por favor, senhora?".

Isso está acontecendo comigo com freqüência cada vez maior: o lance de senhor. Se me apresento ao telefone, não passa pela cabeça de ninguém que eu não seja um homem. Vou ter de começar a andar com um pacotinho de nitrogênio ou coisa assim — o tipo do troço que te deixa com voz de Piu-piu.

Silvera acendeu um cigarro e disse "Por que ela ia querer apagar o cigarro?".

O cara está ali parado, olhando em torno em busca de uma tabuleta. Sujeito grande, gordo, grilado.

"Está vendo aquele reservado atrás da porta de vidro", disse Silvera, "onde estão todos aqueles arquivos velhos empilhados?"

O sujeito se vira e examina.

"É a seção de não-fumantes. Se você está interessado em fazer as pessoas apagarem os cigarros, lá dentro dá mais jogo."

O sujeito se manda. Estamos sentados, fumando e bebendo a porcaria do café, e eu disse ei! Nos velhos tempos. Será que *eu* alguma vez passei uma cantada em *você*? Silvera pensou no assunto. Disse que até onde se lembrava, eu só lhe dera umas bofetadas.

"Quatro de março", falei. "Foi O'Boye quem notificou Trader, certo?"

Na noite da morte, o detetive Oltan O'Boye sai de carro para a CSU para informar o professor Trader Faulkner. O lance é que Trader e Jennifer coabitam, mas todas as noites de domingo ele dorme na caminha do seu escritório no campus. O'Boye está batendo à sua porta por volta das 23h15. Trader já está de pijama, roupão e chinelos. Notificado de sua perda, manifesta descrença hostil. De um lado, O'Boye, um metro e oitenta e dois e quase cento e quarenta quilos de carne crua e gordura de bolinho frito vestindo casaco esporte de poliéster, com um corpo de crocodilo e uma Magnum na cintura. De outro o professor-adjunto, de chinelos, chamando-o de mentiroso desgraçado e preparando os punhos para acertá-lo.

"O'Boye o trouxe para a central", disse Silvera. "Mike, já vi muito bandido na vida, mas esse é uma porra de uma beldade. Os óculos dele são tão grossos quanto o telescópio do monte Lee. E veja só. Ele estava com *remendos de couro* nos cotovelos da jaqueta de tweed. E ficou lá sentado num banco do corredor sem dar a mínima, chorando com o rosto nas mãos. Filho da puta!"

Eu disse ele viu o corpo?

Ele disse sim. Deixaram ele ver.

Eu disse e?

Ele disse ele se inclinou um pouco para o corpo. Pensei que fosse abraçá-la, mas não.

Eu disse ele falou alguma coisa?

Ele disse ele falou Jennifer... Oh, Jennifer, o que você fez?

"Detetive Silvera?"

Hosni. E o telefonema de Overmars. Silvera se levantou e comecei a recolher nossas coisas. Depois, dei-lhe um minuto antes de me juntar a ele ao lado do telefone.

"Muito bem", eu disse. "Quantos três-na-cabeça nós temos?"

"Incrível! Sete nos últimos vinte anos. Nenhum problema. Temos também um de quatro tiros."

A caminho da porta, demos uma olhada na seção de não-fumantes. O sujeito estava lá dentro, isolado, desacompanhado, desservido, parecendo vigilante e aporrinhado.

"Ele é como o coronel Tom", disse Silvera. "Está na seção errada. Ah, e adivinhe só! Cinco eram mulheres. É como nós dizemos. Homens matam outras pessoas. É um lance só para homens. Mulheres se matam. Suicídio é lance de mina, Mike."

10 de março

Sábado. De manhã, só de sacanagem, passo um pente-fino em meio quarteirão da avenida Whitman. Hoje em dia o bairro é agradável. Um enclave de classe média na fronteira do 27: tem a velha biblioteca universitária na Volstead e a escola de administração na York. As cidades americanas gostam de arranjar as coisas de forma que suas sedes do saber estejam rodeadas por zonas de guerra (eis a realidade, cara), e costumava ser assim por aqui. Dez anos atrás, a rua Volstead era como a batalha de Stalingrado. Agora é só tapume e devastação — desocupada ou meramente abandonada, e raramente se avista um pivete. É difícil dizer por que isso aconteceu. Foi a economia.

Assim, enquanto vou de porta em porta, sob os olmos, os residentes são muito, muito atenciosos. Não era como percorrer um quarteirão de casas geminadas em Oxville ou um conjunto habitacional em Destry. Ninguém me disse para ir chupar rola no inferno. Só que ninguém viu nada, também. Nem ouviu, no dia quatro de março.

Isso até minha última tentativa. Isso mesmo. Quem diria. Uma garotinha, de fitinhas cor-de-rosa e meias soquetes. Sil-

vera tem razão: este caso é tão caviloso! Mas não é só papo fura-
do, porque as crianças realmente notam coisas, com seus olhos
novos. O resto de nós só fica olhando e vendo a velha merda
de sempre.

Estou acabando de falar com a mãe, e ela de repente diz
"Pergunte a Sophie. Sophie!". Sophie estava lá na rua, pra baixo
e pra cima com a bicicleta nova. "Só deixo ela brincar com a bicicleta na rua." Sophie entra na cozinha e me agacho ao lado dela.

Agora, meu anjo, isso pode ser importante.

"Número quarenta e três. Isso mesmo. Aquele com a cere-
jeira."

Pense bem, meu amor.

"Minha correntinha soltou? Eu estava tentando prender a
correntinha?"

Continue, meu anjo.

"E um homem saiu?"

Como era ele, meu amor?

"Pobre."

Pobre? Meu anjo, o que você quer dizer? Roupa rasgada,
sujo?

"Ele tinha remendos na roupa."

Demorei um segundo. Tinha remendos nos *cotovelos*.
Pobre. Tudo bem: criança não diz tudo quanto é coisa?

Meu amor, como ele estava?

"Com jeito de furioso. Eu quis pedir para ele me ajudar,
mas não pedi."

E logo estou dizendo "Obrigada, meu anjo. Obrigada, minha senhora".

Quando apresento meu distintivo assim de porta em porta e as mulheres me vêem chegando, não sei o que elas pen-
sam. Lá estou eu com minha japona, meus jeans pretos. Acham
que sou sapatão. Ou motorista de jamanta da União Soviética.
Mas os homens sabem de cara o que eu sou. Porque chego olho
no olho, absolutamente direta. Como patrulheira, na rua, essa
é a primeira coisa que você precisa se programar para fazer:
olhar para os homens. Nos olhos. E depois, quando passei a
andar à paisana, e disfarçada, tive de desprogramar tudo de

novo, desde o começo. Porque nenhum outro tipo de mulher na face da terra, nem estrela de cinema, nem neurocirurgiã, nem chefe de Estado, encara um homem do jeito que um polícia encara.

Em casa, recolho os dez recados costumeiros do coronel Tom. Ele fica girando em círculos, queimando os miolos para ver se joga merda no Trader. Um registro anterior de instabilidade e descontrole representado por umas poucas desavenças familiares e uma briga num bar há cinco anos. Exemplos de impaciência e de cavalheirismo menos que perfeito para com Jennifer. Ocasiões em que a deixou pisar numa poça sem jogar o casaco dentro.

O coronel Tom está perdendo o fio da meada. Gostaria que ele pudesse ouvir-se falando. Alguns de seus recadinhos tratam de coisas tão insignificantes que me fazem pensar em assassinatos por dá-cá-aquela-palha. Assassinato por dá-lá-aquela-palha é quando alguém é estourado por causa de um deslize de etiqueta que nem Emily Post teria percebido.

"Qual é a estratégia do jogo, Mike?"

Contei. Meu Deus... De todo modo, ele pareceu amplamente satisfeito.

Se os jurados ainda não sabem o que pensar de polícias mulheres, também não sabem o que pensar de Tobe. Ainda não sabem, depois de todos esses meses, e ainda estão exigindo cópias do discurso de instrução do juiz.

Agora mesmo o cara está na sala ao lado assistindo a um programa *gravado* de perguntas e respostas em que os concorrentes foram previamente instruídos a ficar pulando e gritando e berrando e lambendo-se uns aos outros toda vez que dão uma resposta certa. As questões de múltipla escolha não tratam de assuntos factuais. Tratam de boatos. Os concorrentes não respondem aquilo que acham, mas o que acham que todo mundo acha.

Simplesmente fui até lá e me sentei no grande sofá do colo de Tobe durante cinco minutos e assisti à cena deles. Adultos agindo como crianças de cinco anos numa festa de aniversário, com a seguinte rotina:

O que os americanos acham que é o café da manhã predileto dos Estados Unidos? Cereal. *Bóing!* Só vinte e três por cento. Café com torrada? Uau! *Certo!*

O que os americanos acham que é o método de suicídio predileto dos Estados Unidos? Pílulas para dormir. Isso mesmo! Uau!

Onde os americanos acham que fica a França? No Canadá. *Fora!*

11 de março

Há um óbito no *Times* desta manhã de domingo. Em sua frieza e brevidade, pode-se sentir todo o empenho de Tom Rockwell.

Apenas uma súmula, além do tipo de morte ("até agora indeterminado"). E uma foto. Que deve ter sido tirada, quando? Cinco anos atrás? Ela está sorrindo com desinibição infantil. Como se alguém acabasse de lhe contar algo maravilhoso. Se nos ativéssemos à superfície dessa foto — o sorriso, os olhos encantados, o cabelo curto enfatizando o longo pescoço, o queixo suave — pensaríamos que ali estava uma pessoa prestes a se casar um tanto cedo. Não alguém que morrera de repente.

Dra. Jennifer Rockwell. E as duas datas.

A garotinha da Whitman, com as fitas cor-de-rosa e meias soquetes? Ela não *ouvira* nada, no dia quatro de março. Hoje, porém, falei com uma pessoa que ouviu.

A sra. Rolfe, a senhora do último andar. São cinco e meia e ela está embriagada. Assim, não espero muita coisa. E não consigo muita coisa. É sherry doce que está bebendo: o melhor pelo menor preço. O sr. Rolfe morreu há muitos anos e ela está passando toda a sua viuvez, que já dura mais do que seu casamento, entornando calmamente.

Pergunto sobre os tiros. Diz que estava cochilando (é, tá certo) e que a TV estava ligada, e que também havia tiros na TV. Alguma história de polícia, naturalmente. Ela descreve o estrondo que ouviu com clareza como um tiro, indiscutivelmente, mas não mais alto do que uma porta batendo a dois ou três cômodos de distância. Dá para sentir o peso do edifício: construído numa época de materiais baratos. A sra. Rolfe discou para o 911 às 19h40. O primeiro policial apareceu às 19h55. Teoricamente, tempo bastante para Trader fazer as malas e cair fora. A garotinha entrou com a bicicleta "por volta de quinze para as oito", segundo a mãe. O que põe Trader na rua... quando? Às 19h30? 19h41?

"Eles brigavam?"

"Não, que eu saiba não", diz a sra. Rolfe.

"O que achava deles?"

"Um casal de sonhos."

Mas que tipo de sonho?

"É tão terrível", diz, com um gesto na direção do licor. "Confesso que me abalou."

Eu costumava ser assim. Qualquer notícia ruim servia. Tipo morreu o cachorro do amigo do seu amigo.

"Senhora Rolfe, alguma vez Jennifer pareceu deprimida?"

"Jennifer? Ela era sempre alegre. Sempre alegre."

Trader, Jennifer, sra. Rolfe: bons vizinhos. Jennifer fazia favores para ela. Quando ela precisava mover alguma coisa pesada, Trader se encarregava. Os dois tinham uma chave sobressalente do apartamento dela. A sra. Rolfe tinha uma chave sobressalente do apartamento deles. Ainda estava com a tal chave, utilizada para abrir o local na noite de quatro de março. Eu disse vou levar a chave, obrigada, senhora, e arquivá-la no Controle de Provas. Deixei-lhe meu cartão, caso ela precisasse de algo. Já me via passando aqui na casa dela, como ainda faço com várias velhinhas na zona sul. Já me via criando uma obrigação.

No andar de baixo: a porta para o apartamento de Jennifer está lacrada com a fita alaranjada de cena de crime. Esgueirei-me para dentro por um segundo. Minha primeira reação, no quarto, foi estritamente policial. Pensei: que bela cena de crime. Totalmente preservada. Não só as manchas de sangue na parede, mas os lençóis da cama estão exatamente do jeito que me lembro.

Sentei-me na cadeira com meu 38 no colo, tentando imaginar. Mas continuei a pensar em Jennifer do jeito que ela costumava ser. Tão bem-dotada que era, de corpo e de mente, nunca se fechava numa redoma de vidro na sua frente. Se você topasse com ela, numa festa, digamos, ou na central, ela não dizia oi e ia embora. Sempre dava uma atenção especial a cada um. Sempre deixava você com alguma coisa.

Jennifer sempre deixava você com alguma coisa.

12 de março

Meu turno hoje foi de meio-dia às oito. Sentada ali, fumando e trocando fitas — áudio, visual, audiovisual. Estamos investigando o novo hotel em Quantro, porque sabemos que a Organização tem dinheiro nele. Finalmente cheguei ao quadro visual que estava procurando: dois sujeitos no átrio, parados nos fundos sombrios da fonte. Quando dizemos a Organização ou a Quadrilha, nesta cidade, não estamos falando dos colombianos ou dos cubanos, dos Yakuza, da turma do Jake, dos El Ruks, dos Crips e dos Bloods. Estamos nos referindo aos italianos. Contemplei então os dois figurões em ternos azuis de cinco mil dólares, gesticulando entre si, muito formais. Homens honrados, respeitáveis. Fazia tempo que os malandros haviam parado de se comportar dessa maneira, mas depois surgiram alguns filmes que os lembraram de que seus avós costumavam fazer essa besteira, com honra, e por isso começaram a fazê-lo, tudo de novo.

A propósito: queremos aquele hotel.

Sinto-me grata por cargas de trabalho tranqüilo em dias como este, dias de letargia e abatimento, mas de náuseas constantes, que têm a ver com meu momento de vida e com meu fígado. Mais com meu fígado do que com meu útero sem uso. Minha única alternativa é um transplante, um transplante de um órgão íntegro, o que é possível, mas caro. Mas a precariedade — o risco de colapso hepático — mantém-me honesta. Se comprasse um fígado novo, simplesmente iria sucateá-lo também.

No começo da tarde, o coronel Tom me ligou e perguntou se eu poderia subir ao seu escritório no vigésimo terceiro andar.

Ele está encolhendo. É verdade que sua escrivaninha já é grande, mas agora parece um porta-aviões. E seu rosto é como uma pequena casamata, com seus dois botões vermelhos de pânico. Ele não está melhorando.

Contei-lhe o que planejara para Trader.

Você vai jogar duro, disse ele. Do jeito que eu sei que você pode.

Do jeito que o senhor sabe que eu posso, coronel Tom.

Estilo livre, Mike, ele disse. Pode plantar. Não me importo se ele se entregar e depois der o fora. Só quero ouvir ele dizer.

Ouvir ele dizer, coronel Tom?

Só quero ouvir ele dizer.

Com Silvera ou Overmars, a gente sempre sabia quando não estavam dando conta de um caso: começavam a fazer a barba a cada dois dias. Isso, mais os sintomas habituais de ficar acordado até tarde durante um mês. Em pouco tempo ficam iguais aos camaradas reunidos em torno dos braseiros junto aos currais — fantasmas de uma turma de trabalho da Depressão, iluminados pelas labaredas... As bochechas do coronel Tom eram lisas. Suas bochechas eram lisas. Mas não dava para ele passar a lâmina de barbear nas manchas marrons de sofrimento sob os olhos, que se afundavam e endureciam como crostas.

"Não caia nessa besteira toda de Ivy League e confrarias universitárias. A voz macia. A lógica. Tipo até *ele* acha que ele é bom demais para ser verdade. Tem maldade nele, Mike. Ele..."

Caindo em silêncio. A cabeça vibrava, na verdade a cabeça tremia diante de fantasias terríveis. Fantasias que ele queria e necessitava que fossem verdadeiras. Porque um resultado, sim, qualquer que fosse, estupro, mutilação, desmembramento, canibalismo, maratonas de tortura de engenhosidade chinesa, prodigalidade afegã, qualquer resultado era melhor do que a outra coisa. Qual seja: sua filha enfiando o 22 na boca e apertando o gatilho três vezes.

O coronel Tom agora ia jogar algo sobre mim. Eu podia sentir aquilo chegando. Ele se animou. Brusco, mas também hesitante, folheou uma pasta: parecia um relatório laboratorial saído do gabinete do legista. Tentei imaginar como o coronel Tom estava monitorando e controlando as descobertas *postmortem* à medida que pouco a pouco iam chegando.

"Jennifer teve testes positivos para ejaculação, vaginal e oral", disse ele — e custava-lhe muito continuar a olhar em minha direção. "Oral, Mike. Percebe o que estou dizendo?"

Assenti. E claro que estava pensando: nossa, a coisa realmente *está* uma zona.

Oito dias depois e Jennifer Rockwell ainda está aberta como um prato de banquete no interior da unidade frigorífica da Battery com a Jeff.

13 de março

Tempo para Trader.

Meu primeiro pensamento era este: enviaria Oltan O'Boye e talvez Keith Booker até o departamento de Trader na csu, numa viatura, com a incumbência de arrancá-lo de um seminário. Isso mesmo, luzes piscando mas sem sirena. Empurrá-lo para fora da palestra ou de onde quer que estivesse e trazê-lo para a central. O enrosco era que estávamos indo muito cedo de encontro a uma causa provável. E o que quer que o coronel

Tom achasse que tínhamos, causa provável era algo que não tínhamos.

Por isso, apenas liguei para sua sala no campus. Às seis horas da manhã.

"Professor Faulkner? Detetive Hoolihan. Homicídios. Quero o senhor hoje na central, na Investigações Criminais. Assim que seja humanamente possível."

Ele disse para quê?

"Enviarei a viatura. O senhor gostaria que eu enviasse a viatura?"

Ele disse para quê?

E eu disse simplesmente que desejava esclarecer as coisas.

Na verdade está perfeito para mim.

Por volta das oito da manhã, já fazia três horas que estávamos sob uma nevasca que se formara e descera do Alasca. Havia granizo, neve e espuma varrida do oceano, além de gotas congeladas de chuva esbofeteando o rosto. Trader virá se arrastando do ponto do metrô ou agarrando-se com mãos e pés para sair de um táxi ali embaixo na Whitney. Erguerá os olhos, procurando abrigo, diante da Lubyanka do DIC. Ali encontrará uma sucessão de corredores de linóleo encharcados e sujos, um elevador lento e abafado e, na Homicídios, uma polícia de quarenta e quatro anos, cabelos loiros e grossos, peitos e ombros largos de boxeador e olhos azuis pálidos na cabeça que viu de tudo.

E dificilmente Trader encontrará alguém mais. É terça-feira. Na Homicídios, a fauna está reduzida apenas a um punhado de testemunhas, suspeitos, malfeitores e infratores. O *fim de semana*, que para nós é só uma senha para o carnaval costumeiro de crimes na cidade, veio e foi. E ainda por cima o tempo ruim: mau tempo é aumentativo de polícia. Como companhia, enquanto espera no zoológico, Trader terá só o marido, o pai e o cafetão de uma prostituta espancada, e um executor do crime organizado (atualmente o mais bem pago

47

deles) de nome Jackie Zee, convocado pela central para detalhar um álibi.

Os telefones estão calados. O turno da meia-noite está se dispersando e o das oito às quatro começa a chegar. Johnny Mac está lendo um editorial da *Penthouse*. Keith Booker, pretão sem-vergonha com cicatrizes e lingotes inteiros de ouro na maioria dos dentes, está tentando assistir a um jogo de beisebol universitário da Flórida na TV estragada. O'Boye está trabalhando duro em sua máquina de escrever. É como se esses sujeitos participassem da coisa. Só Silvera possui o quadro inteiro, mas é como se esses sujeitos participassem da coisa. Trader Faulkner não vai receber aqui nenhuma palavra de condolências de ninguém.

Às 8h20, o professor-adjunto se registra lá embaixo e é encaminhado para o décimo quarto andar. Observo-o saindo do elevador. Na mão direita, está segurando sua maleta; na esquerda, o cartão rosa que recebeu na portaria, emitido pelo serviço de segurança do prédio. A aba de seu chapéu, que na chuva perdeu a forma definida, está começando a pender sobre seu rosto sombrio, e o sobretudo emite um leve vapor sob a iluminação fluorescente. Seu andar é calculado e meio aberto na altura dos joelhos. Os sapatos curvados para dentro rangem em minha direção.

Ele diz: "É Mike, não é isso? Prazer em vê-la novamente".

E eu digo: "Você está atrasado".

Johnny Mac o olha de soslaio, e o detetive Booker faz um bom trabalho de goma de mascar em sua direção, enquanto Trader é conduzido para dentro do zoológico. Aponto para uma cadeira. E me afasto. Se quiser, Trader pode conversar sobre filosofia com Jackie Zee. Meia hora depois, estou de volta. Em resposta a meu aceno de cabeça, Trader se levanta e eu o escolto de volta passando pelos elevadores.

Nesse momento, conforme combinado, Silvera sai pela porta marcada Crimes Sexuais e diz oi Mike, o que temos?

E eu digo algo como: temos a prostituta morta que estava arranjando clientes a dez dólares no estacionamento AllRight. Temos aquele babaca homicida do Jackie Zee. E temos *este*.

Silvera mede Trader com o olhar e pergunta precisa de algum dado?

E eu digo não. E falo sério. Esse será o montante total da participação de Silvera. Nada daquela besteira de bom e mau policial, que, no fim, não funciona mesmo. Não é só que Joe Perp está tomando conta do assunto, depois de ter visto o papo de bom e mau policial um milhão de vezes em reprises de *Havaí 5-0*. O fato é que a partir do regulamento Escobedo, trinta anos atrás, o mau policial perdeu todos os seus lances. A única vez que o mau policial teve alguma utilidade foi nos velhos tempos, quando entrava na sala de interrogatório a cada dez minutos e golpeava o suspeito na cabeça com as Páginas Amarelas. E mais: eu precisava fazer isso sozinha e do meu próprio jeito. É como sempre trabalhei.

Virei-me e fui à frente de Trader Faulkner rumo à pequena sala de interrogatório, fazendo só uma pausa para tirar a chave do prego.

Excedendo-me um pouco na coisa, talvez, deixei-o lá trancado sozinho durante duas horas e meia. Na verdade, disse-lhe que podia bater na porta se quisesse algo. Mas ele nem se mexeu.

A cada vinte minutos vou até lá e dou uma olhada pela janela de visão unilateral. Tudo o que ele vê é um espelho fosco e arranhado. O que eu vejo é um sujeito de cerca de trinta e cinco anos num paletó de tweed com remendos de couro nos cotovelos.

Axioma:

Deixados a sós em uma sala de interrogatório, alguns homens parecerão estar entrando em seus últimos dez segundos antes de vomitar. E parecerão estar assim durante horas. Eles suam como se tivessem acabado de sair da piscina. Abocanham e engolem ar. Quer dizer, esses caras realmente estão sofrendo com a coisa. Você entra e inclina uma luz sobre seu rosto. E eles estão com os olhos arregalados — as órbitas grandes e vermelhas, e também facetadas. Quadradinhos em relevo e de cantos arredondados, ligados por fios marrons.

Esses são os inocentes.

O culpado cai no sono. Especialmente o culpado veterano. Eles sabem que esse é só o tempo morto que faz parte do negócio. Puxam a cadeira contra a parede e se instalam lá no canto, com muitos resmungos e um cacarejo de presunção. Caem no sono.

Trader não estava dormindo. E não estava se beliscando, engolindo em seco e coçando a cabeça. Trader estava *trabalhando*. Tinha um calhamaço datilografado sobre a mesa ao lado do cinzeiro de latão e estava fazendo correções com uma caneta esferográfica, cabeça curvada, com as lentes dos óculos leitosas sob a lâmpada fraca de quarenta velas. Uma hora assim; depois duas e depois mais.

· Entro e fecho a porta atrás de mim. Isso aciona o gravador alojado embaixo da mesa onde Trader está sentado. Sinto a presença de uma terceira pessoa na sala: é como se o coronel Tom já estivesse escutando. Trader está me olhando com paciente neutralidade. Embaixo do braço, levo a pasta do caso e atiro-a diante dele. Um clipe na capa prende uma foto cinco por oito de Jennifer morta. Ao lado da pasta estendo uma folha com o título Explicação de Direitos. Começo.

Muito bem, Trader. Quero que você responda a algumas perguntas sobre a história de vocês. Tudo bem?

Imagino que sim.

Você e Jennifer estavam juntos havia quanto tempo?

Agora é ele que *me* deixa esperando. Retira os óculos e mede seu olhar com o meu. Depois, desvia os olhos. Seus dentes superiores se descobrem lentamente. Quando responde a minha pergunta, parece ter de superar um impedimento. Mas não impedimento da fala.

Quase dez anos.

Como se conheceram?

Na CSU.

Ela é o quê? Sete anos mais jovem?

Ela era uma estudante do segundo ano. Eu era pós-doutorando.

Você estava lecionando para ela? Era sua aluna?

Não. Ela fazia matemática e física, eu fazia filosofia.

Explica pra mim. Você faz filosofia da ciência, certo?

Faço agora. Mudei. Na época fazia lingüística.

Linguagem? Filosofia da linguagem?

Isso mesmo. Na verdade, os condicionais. Eu passava o tempo todo refletindo sobre a diferença entre "se era" e "se fosse".

E sobre o que passa agora todo o seu tempo pensando, amigo?

...Muitos mundos.

Não entendi. Você quer dizer outros planetas?

Muitos mundos, muitas mentes. A interpretação dos estados relativos. Popularmente conhecidos como "universos paralelos", detetive.

Às vezes tenho o olhar de uma criança séria que tenta não chorar. Estou assim agora, eu sei. Como com a criança, ficar de olhos secos e ao mesmo tempo resistir à compaixão parece mais desafio do que autopiedade. Quando não entendo uma coisa, me sinto desafiadora. Sinto: não serei excluída disso. Mas claro que você é excluída, o tempo todo. Simplesmente tem de deixar pra lá.

Então não foi uma ligação acadêmica. Como se conheceram?

...Socialmente.

E quando foram morar juntos?

Quando ela se formou. Cerca de dezoito meses depois.

Como você caracterizaria a relação?

Trader faz uma pausa. Acendo um cigarro com a bituca do anterior. Como sempre, e deliberadamente, estou transformando a sala de interrogatório numa câmara de gás. Matadores de aluguel, espancadores de prostitutas raramente objetam a isso

51

(embora você se surpreenda). Um professor de filosofia, segundo calculei, poderia ter uma tolerância menor. Às vezes, tudo o que se consegue é o seguinte: o cinzeiro cheio. Poréns e pontas, como dizemos. Você fica com o cinzeiro cheio, e teores elevados nos pulmões.

Posso pegar um desses?

Vá em frente.

Obrigado. Parei. Na verdade, quando fui morar com Jennifer. Nós dois paramos. Mas parece que comecei novamente. Como caracterizaria nossa relação? Feliz. Feliz.

Mas estava entrando em baixa.

Não.

Havia problemas.

Não.

Muito bem. Então estava tudo ótimo. Vamos deixar assim por enquanto.

Como disse?

Vocês estavam construindo para o futuro.

No meu entendimento, sim.

Casar. Filhos.

No meu entendimento, sim.

Vocês dois conversaram a respeito... Perguntei se conversaram sobre isso... Tudo bem. Filhos. Vocês queriam filhos? Você queria?

...Óbvio. Estou com trinta e cinco. A gente começa a querer ver uma cara nova.

Ela queria?

Ela era mulher. Mulheres querem filhos.

Ele olha para mim, minha pele consumida, meus olhos. E ele está pensando: É. Todas as mulheres, menos essa.

Você está dizendo que as mulheres querem filhos de um jeito diferente? Jennifer queria filhos de um jeito diferente? Mulheres querem filhos fisicamente. Querem com os corpos.

Querem mesmo? Mas você não.

Não, só acho que se a gente vai viver a vida...

Ao máximo...

Não, se a gente vai vivê-la de algum modo. Então a coisa toda, por favor. Será que eu poderia...?

Vá em frente.

Agora eu tinha de me purgar dos últimos vestígios de amabilidade. Não é nada de mais, diriam alguns. Tobe poderia dizer isso, por exemplo. Um polícia trabalha para fazer uma suspeita virar convicção: esse é o processo externo. Mas também é o processo interno. Para mim, é. É o único jeito que tenho para fazer isso. Tenho de transformar suspeita em convicção. Basicamente tenho de esposar a idéia de que o camarada fez aquilo. Nesse caso, tenho de me tornar o coronel Tom. Tenho de acreditar nisso. Tenho de querer isso. Tenho de *saber* que o sujeito fez aquilo. Eu sei. Eu sei.

Trader, quero que você repasse comigo os eventos de quatro de março. É isso o que estou fazendo, Trader. Quero ver se o que você me dá confere com o que temos.

Com o que vocês têm?

Sim. Nossa evidência física da cena do crime, Trader.

Da cena do crime.

Trader, você e eu vivemos numa burocracia. Temos de agüentar aqui um pouco de besteira.

Você vai ler meus direitos para mim.

Sim, Trader. Vou ler seus direitos para você.

Estou sendo detido?

Você acha engraçado. Não, você não está sendo detido. Você quer ser detido?

Sou suspeito?

Veremos como você se sai. Esta folha...

Espere. Detetive Hoolihan, posso acabar com isso, não posso? Não preciso lhe contar coisa nenhuma. Posso chamar um advogado, certo?

Você acha que precisa de um advogado? Você acha que precisa de um advogado, é? É só assobiar, que logo aparece um. E aí, pronto! Esta pasta de caso vai para o assistente da promotoria e não vou poder fazer nada por você. Você acha que precisa de um advogado? Ou quer se sentar aqui comigo e esclarecer essa coisa toda?

De novo, Trader deixa ver seus dentes. De novo o olhar de dificuldade, de embaraço. Mas agora ele subitamente acena com a cabeça e diz:

Comece. Comece.

Esta folha é chamada de Explicação de Direitos. Leia, assine e rubrique cada seção. Aqui. E aqui. Ótimo. Tudo bem. Domingo. Quatro de março.

Trader acende outro cigarro. A essa altura, a salinha de interrogatório está transbordando de fumaça. Ele se inclina para a frente e começa a falar; não sonhador ou melancólico, mas prosaico, braços cruzados, olhos baixos.

Domingo. Era domingo. Fizemos o que sempre fazemos aos domingos. Dormimos até tarde. Levantei-me por volta de dez e trinta e fiz o café da manhã. Ovos mexidos. Lemos o *Times*. Você sabe como é, detetive. Roupões. Ela com a seção de artes, eu com a de esportes. Gastamos uma hora nisso. Saímos pouco antes das duas. Demos um passeio por ali. Comemos um sanduíche de carne no Maurie. Caminhamos mais um pouco. Em volta do Rodham Park. Estava um lindo dia. Fresco e claro. Jogamos tênis, em quadra fechada, no Brogan. Jennifer ganhou, como sempre. O placar foi de três-seis, seis-sete. Voltamos mais ou menos às cinco e trinta. Ela fez uma lasanha. Empacotei umas coisas...

Com toda a certeza você empacotou umas coisas.

Não compreendo o que está dizendo. Nós sempre passamos as noites de domingo separados. Era domingo. Empacotei umas coisas.

Com toda a certeza você empacotou umas coisas. Porque esse não era nenhum domingo normal, era, Trader? Você sabia que estava para acontecer? Havia quanto tempo? Você a estava perdendo, não estava, Trader? Ela

54

não queria mais ficar debaixo de suas asas, Trader, e você podia sentir isso. Talvez ela já estivesse se encontrando com outro. Talvez não. Mas havia terminado. Ora, qual é, cara? Isso acontece todo dia. Você sabe como é, professor. Existem até canções populares falando nisso. *Get on the bus, Gus. Drop off the key, Lee.* Mas você não ia deixar isso acontecer, ia, Trader? E eu entendo. Entendo.

Não é verdade. Não é esse o caso. Isso é falso.

Você disse que o humor dela naquele dia era como?

Normal. Alegre. Tipicamente alegre.

É, tá certo. Então, depois de um dia tipicamente alegre com seu namorado tipicamente alegre, ela espera até que ele saia de casa e mete duas balas na cabeça.

Duas balas?

Isso o surpreende?

Sim. Não surpreende você, detetive?

No passado, eu entrava nesta sala de interrogatório com munição mais fria do que a que estava usando agora, e conseguia uma confissão no seu devido tempo. Mas não era muito freqüente. Homens acusados de assassinato por atacado, e não pela primeira vez, matadores conhecidos e com fichas criminais tão compridas quanto um rolo de papel higiênico; homens que eu deixava empapados de suor com nada além de um simples fio de cabelo loiro ou meia pegada de Reebok. É simples. Você acaba com eles com ciência. Mas ciência era aquilo em que Trader era filósofo.

Vou pegar pesado agora. Sem trégua.

Trader, em que momento você e a falecida fizeram sexo?

O quê?

Os testes para ejaculação na falecida deram positivo. Vaginal e oral. Quando isso aconteceu?

Não é da sua conta.

Ah, isso *é* da minha conta, Trader. É o meu trabalho. E agora vou lhe contar exatamente o que aconteceu naquela noite. Porque eu sei, Trader. Eu sei. Como se tivesse estado *lá*. Você e ela entram na discussão final. A briga final.

55

Está terminado. Mas você queria fazer amor com ela pela última vez, não queria, Trader? E uma mulher, num momento desses, deixa acontecer. É humano, deixar acontecer. Uma vez mais. Na cama. Depois, na cadeira. Você acabou na cadeira, Trader. Você acabou com a coisa. E disparou o tiro em sua boca aberta.

Dois tiros. Você disse dois tiros.

É, disse, não disse? E agora vou lhe contar um segredo que você já sabe. Está vendo isto? É o resultado da autópsia. Três tiros, Trader. Três tiros. E vou dizer uma coisa pra você: isso *elimina* o suicídio. Isso *elimina* o suicídio. Então, ou foi a senhora Rolfe, do andar de cima, ou a garotinha que estava na rua. Ou então foi você, Trader. Ou então foi você.

O espaço ao redor dele se torna cinza e enevoado, e sinto o predador em mim. Ele parece bêbado — não, drogado. Tipo com anfetamina: não embriagado, mas "travado". Mais tarde eu entenderia o que estava se passando na cabeça dele: a imagem que estava se formando. Entenderia porque também a veria.

Foi a expressão de seu rosto que me fez perguntar:

Como você se sente quanto a Jennifer? Agora. Neste exato minuto?

Homicida.

Diga outra vez?

Você me ouviu.

Bom, Trader. Acho que estamos chegando lá. E foi assim que você se sentiu na noite de quatro de março. Não foi, Trader?

Não.

Todas as horas que passei na sala de interrogatório, ao longo dos anos, estão se empilhando em cima de mim, sinto, todas as horas, todos os fluxos e recorrências dos tipos mais pesados de sentimento. As coisas que você tem de ouvir e continuar ouvindo, até de seus próprios lábios.

Tenho uma testemunha que viu você fora da casa às sete e trinta e cinco. Com ar aflito. "Furioso." Enfezado. Soa familiar, Trader?

Sim. A hora. E o humor.

Pois bem. Minha testemunha diz que ouviu os tiros antes de você sair pela porta. Antes. Parece correto, Trader?

Espere.

Tudo bem. Claro que espero. Porque eu entendo. Entendo a pressão que você estava sofrendo. Entendo o que ela estava fazendo você passar. E por que você teve de fazer o que fez. Qualquer um poderia ter feito o mesmo. Claro que espero. Porque você não vai me contar nada que eu já não saiba.

Com seu cinzeiro de chumbo, sua lista telefônica enrugada, sua lâmpada de quarenta velas pendurada do teto, a sala de interrogatório não parece um confessionário. Aqui dentro, o homem culpado não está buscando absolvição nem perdão. Está buscando aprovação: sinistra aprovação. Como uma criança, quer sair de seu isolamento. Quer ser bem recebido de volta à sociedade — o que quer que ele tenha feito. Eu costumava sentar-me nesta mesma cadeira rangente de metal e dizer, rotineiramente, com o rosto numa expressão franca — não, com uma compaixão indignada: *Bem, isso explica tudo. Sua sogra ruim esteve doente por* quanto *tempo sem morrer? E você tinha de agüentar* essa *doença?* Já me sentei aqui e disse: *Agora chega. Você está me dizendo que o bebê acordou chorando outra vez? E aí você lhe deu uma lição. Deu mesmo. Qual é, cara, quanta merda você consegue agüentar?* Se Trader Faulkner usasse um boné de beisebol virado para trás, mascasse chiclete e tivesse a barba malfeita, eu estaria me inclinando sobre a mesa e estaria dizendo de novo, como uma questão de absoluta rotina: *Foi o tênis, não foi? Foi aquele maldito tiebreak. A lasanha estava nojenta, como sempre. E então, para completar, ela lhe dá* esse *tipo de desfecho?*

Por dentro faço o sinal-da-cruz e juro me desdobrar ainda mais pelo coronel Tom — e dar-lhe cem por cento de razão, como sempre faço.

Pense bem, Trader. E enquanto pensa, considere o seguinte. Como eu disse, nós todos estávamos lá, Trader. Acha que não aconteceu comigo? A gente dedica anos a alguém. Dá a vida por ele. A próxima coisa que você sabe é que está na rua. Ela costumava lhe dizer que não podia viver sem você. Agora ela está dizendo que você não vale merda nenhuma. Posso entender como é perder uma mulher como Jennifer Rockwell. Você fica pensando sobre os homens que estarão ocupando o seu lugar. E não tardarão a chegar. Porque ela era demais, não era, Trader? É, conheço o tipo. Ela vai transar com todos os seus amigos. Depois vai passar para os seus irmãos. De quebra, vai estar fazendo todos aqueles belos favores que você sabe. E ela iria fazer isso, Trader. Iria, sim. Agora escute. Vamos ao que interessa. As palavras finais, Trader. O peso especial, como testemunho, das palavras finais.

O que você está dizendo, detetive?

Estou dizendo que a ligação do plantonista chegou às dezenove e trinta e cinco. Minutos depois, chegamos ao local. E adivinha o que aconteceu? Ela ainda estava lá, Trader. E disse o seu nome. Anthony Silvera ouviu. John Macatitch ouviu. Eu ouvi. Ela o entregou. O que acha, Trader? Pronto. A putinha ainda o denunciou.

Estávamos ali dentro havia cinqüenta e cinco minutos. Ele está de cabeça baixa. Como evidência, uma confissão tenderá a perder sua força de acordo com a duração do interrogatório. Sim, meritíssimo — depois de duas semanas lá dentro, constatamos que ele estava limpo. Mas estou mentalmente pronta para prosseguir por seis, oito, dez horas. Até quinze.

Diga, Trader. Apenas diga... Está bem, vou lhe pedir que se submeta a um teste de nêutron-ativação. Isso verificará se você usou recentemente uma arma de fogo. Você se sentará no polígrafo? O detector de mentiras? Porque acho que você deve saber qual será a próxima fase disto tudo. Trader, você vai estar diante do júri de instrução. Sabe o que é isso? Sim, vou mandar você para o *júri de instrução*, Trader. Ora se vou... Tudo bem. Vamos começar desde o princípio. Vamos passar isso tudo mais algumas vezes.

Ele ergue lentamente os olhos. E seu rosto está sereno. Sua expressão está serena. Complicada, mas serena. E de repente descubro duas coisas. Primeiro, que ele é inocente. Segundo, que, se ele quiser, pode provar.

Por acaso, detetive Hoolihan, sei o que é um júri de instrução. É uma audiência para determinar se um caso é forte o bastante para ir a julgamento. Isso é tudo. Você provavelmente pensa que eu acho que é a Suprema Corte. O mesmo que acontece com todos os coitados que passam por aqui desorientados. Isso é tão... patético. Ah, Mike, sua cadela medíocre. Escute só o que está dizendo. Mas não é a Mike Hoolihan falando. É Tom Rockwell. E o pobre tolo devia se envergonhar pelo que está fazendo você passar. Isso é até genial — quer dizer, essa coisa toda também é um tanto genial. A semana passada devo ter me sentado com dez ou doze pessoas, uma depois da outra. Minha mãe, meus irmãos. Meus amigos. Os amigos dela. Ficava abrindo a boca, e nada acontecia. Nem uma só palavra. Mas agora estou falando e, por favor, vamos continuar conversando. Não sei quanto do que você me contou é apenas pura mentira. Suponho que o documento da balística não seja uma armação ou uma falsificação e terei de conviver com o que ele diz. Talvez você tenha gentileza bastante para me dizer agora o que é verdade e o que não é. Mike, você se enrolou em todos os tipos de nós para tentar tornar essa coisa misteriosa. É lixo, como você sabe. Que mistério mais claro e sem graça! Mas há um mistério real aqui. Um mistério enorme. Quando digo que me senti homicida, não estou mentindo. Na noite em que ela morreu, meus sentimentos eram os de sempre. Dedicados e seguros. Mas agora... Mike, o que aconteceu foi o seguinte: uma mulher caiu de um claro céu azul. E sabe de uma coisa? Quem dera eu a tivesse matado. Quero dizer: ficheme. Tranque-me. Corte minha cabeça. Quem dera eu a *tivesse* matado. Caso aberto e encerrado. E nenhum furo. Porque isso é melhor do que aquilo que estou vendo.

Se vocês espiassem agora pela janela unilateral, não pareceria tão estranho as coisas terminarem assim, nesta sala. Com um rápido olhar sobre essa cena, um polícia de assassinatos balançaria a cabeça, daria um suspiro e sairia dali.

Suspeito e inquiridora juntaram as mãos sobre a mesa. Ambos estão derramando lágrimas.

Verti lágrimas por ele e lágrimas por ela. E verti lágrimas por mim também! Por causa das coisas que fiz a outras pessoas nesta sala. E por causa das coisas que esta sala fez comigo. Ela me empurrou para todo tipo estranho de forma e tamanho. Ela deixou um revestimento em meu corpo inteiro, até mesmo dentro de mim, como o revestimento que eu costumava pensar que iria encontrar, certas manhãs, sobre toda a minha língua.

14 de março

Deitei tarde e fui despertada por volta do meio-dia por outra encomenda do coronel Tom. Uma dúzia de rosas vermelhas — "com gratidão, desculpas e amor". E também um envelope lacrado. Despachado, e muito provavelmente editado, pelo coronel Tom, era o relatório da autópsia. Eu tinha visto o filme. Agora tinha de ler a crítica.

Foram necessárias duas jarras de café e meio maço de cigarros para que eu conseguisse me desembaraçar da névoa hepática que se abatera sobre mim durante a noite, como um mingau. Tomei uma ducha. E deviam ser quase duas da tarde quando me sentei no sofá de roupão. Gosto de uma fita que Tobe gravou para mim: oito versões diferentes de "Night train". Oscar Peterson, Georgie Fame, Mose Allison, James Brown.

Para nós, é uma espécie de hino em louvor do aluguel baixo. O aluguel não é nada: quer dizer, nem dá para percebê-lo. Dá para perceber o trem noturno mas não o aluguel. Por isso, deixei aquilo tocando, suavemente, no canto, enquanto arrancava o lacre vermelho. Passe dez anos ferrado, passe dez anos soprando seu sorvete, e você vai ter uma ressaca de dez anos (e mais vinte e tantos esperando na fila). O que não quer dizer que eu não estivesse sentindo toda a carga extra do dia anterior. Eu me sentia gorda e cor de manteiga, e já suada ou ainda úmida do vapor do banheiro.

Haec est corpus. Este é o corpo:

Jennifer, sua altura era um metro e setenta e cinco, seu peso sessenta e cinco quilos.

Seu estômago continha uma refeição plenamente digerida de ovos mexidos, salmão e pão, e outra refeição, apenas parcialmente digerida, de lasanha.

A palidez só estava onde deveria ter estado. Ninguém moveu seu corpo. Ninguém a arrumou.

Contragolpe. Em sua mão e braço direitos foram encontradas partículas microscópicas de sangue e tecido. Chamamos isso de *contragolpe*.

Além disso, sua mão tinha sofrido espasmo cadavérico. Ou *rigor mortis* espontâneo e temporário. A curva do gatilho e o desenho da coronha ficaram impressos em sua carne. Foi de tanto que você apertou.

Jennifer, você se matou.

Acabou.

16 de março

No DIC, as pessoas não estão falando a respeito. Tipo levamos uma goleada neste caso. Mas todo mundo agora sabe com certeza que Jennifer Rockwell cometeu um crime na noite de quatro de março.

Se ela tivesse se esgueirado para o carro e dirigido cento e sessenta quilômetros direto para o sul até a fronteira estadual, poderia ter morrido inocente. Em nossa cidade, porém, o que ela fez era um crime. É um crime. Como sempre, o crime perfeito, de certo modo. Ela não escapou da investigação. Mas escapou de todo castigo.

E escapou da vergonha pública. Se é que vergonha é a palavra que vocês querem empregar. Perguntem para o legista que a perdoou.

Se vocês recuarem bastante no tempo, um legista era apenas um coletor de impostos. Para ficar com o latim da morte: *Coronae custodium regis.* Guardião dos pleitos do rei. Ele tributava os mortos. E os suicidas perdiam tudo o que tinham. Como os outros criminosos.

Nesta cidade, atualmente o legista trabalha no gabinete da medicina legal. O nome dele é Jeff Bright e é um dos chapas de Tom Rockwell.

Bright devolveu o laudo de Indeterminado. O coronel Tom, eu sei, insistia em Acidental. Mas acabou aceitando o Indeterminado, como todos nós.

Eu disse que nunca me senti julgada por ela, mesmo quando estava indefesa contra toda censura. E, quando escrevo isto, não sinto nenhuma necessidade de julgar Jennifer Rockwell. No suicídio, como acontece com todos os grandes colapsos, fugas, deserções, chega um ponto em que não há mais escolha.

E sempre há bastante dor. Continuo a me lembrar daquele tempo em que estava abrigada na casa dos Rockwell, suando minha alma na roupa de cama. Ela também tinha seus problemas. Aos dezenove anos — mais esbelta, mais desajeitada, e de olhos mais arregalados — ela também estava sitiada. Eu me lembro agora. Uma dessas convulsões tardias de adolescente, e os pais andando pra lá e pra cá. Havia um namorado rejeitado que não queria ou não podia desgrudar. Sim, e uma namorada também (o que foi — drogas?), uma de suas colegas de república, que também pirara. Jennifer dava um pulo toda vez que o telefone ou a campainha tocavam. Mas mesmo com toda a tristeza e medo que sentia, ela ainda vinha ler e cuidar de mim.

Ela não me julgava. E eu não a julgo.

Eis o que aconteceu. Uma mulher caiu de um claro céu azul.

Sim. Bem, sei tudo sobre esses claros céus azuis.

18 de março

No enterro, depois, nenhum guarda de honra, nenhuma salva de vinte e um tiros, nenhuma gaita de fole. Um par de cha-péus brancos, alguns galões dourados e fitas listradas no peito, e o serviço religioso completo, com o sujeitinho cinza para-mentado cuja linguagem dizia: Agora *nós* assumimos. Con-fiem-na a nós, a isso — os campos verdes e a igreja à meia distância, seu pináculo apontando para o céu. Não, aquela não era uma ocasião policial. Éramos minoria. Estávamos todos lá, os olhos baixos e nossa derrota comum, cercados por um exér-cito de civis: parecia que o campus inteiro estava presente. E eu nunca tinha visto tantas faces jovens e bem-proporcionadas tornarem-se horrorosas pelo pesar. Trader estava lá, junto ao grupo familiar. Seus irmãos estavam ao lado dos irmãos de Jen-nifer. Tom e Miriam encaravam o sepulcro, imóveis, como madeira pintada.

Terra, receba a mais estranha convidada.

Na área de dispersão me afastei até umas árvores para um retoque na maquiagem e um cigarro. O pesar faz boca de pito, melhor que café, melhor que birita, melhor que sexo. Quando me virei novamente, vi que Miriam Rockwell se aproximava. Sob o véu negro, parecia uma linda mendiga saída das ruelas de Casablanca ou Jerusalém. Bela, mas definitivamente pedin-do, não doando. E percebi então que sua filha ainda não me abandonara. Nem um pouquinho.

Abraçamo-nos — em parte para nos aquecer, porque até o sol parecia resfriado naquele dia, como uma bola de gelo amarelo, esfriando o céu. Com Miriam, fisicamente, parecia haver um pouco menos dela a abarcar nos braços, mas ela não estava obviamente reduzida, em escala menor, como o coronel Tom (parado a pouca distância, esperando), que parecia estar com um metro e sessenta. Menos louca, porém. Mais triste, mais arrasada, mas menos louca.

Ela disse: "Mike, acho que esta é a primeira vez que vejo suas pernas".

Eu disse: "Então, aproveite". Abaixamos os olhos para elas, minhas pernas, na meia-calça preta. E parecia correto dizer: "Onde Jennifer conseguiu aquelas pernas? Não com você, menina. Você é como eu". As pernas de Jennifer pertenciam a algum tipo de cavalo de corrida. As minhas são como brocas com rodinhas. E as de Miriam não são muito melhores.

"Eu costumava dizer: deixa ela ficar o resto da vida querendo saber de quem puxou aquele corpo. Deixa ela tentar juntar cada pedaço. O corpo e o rosto. As pernas? De Rhiannon. Da mãe de Tom."

Houve um silêncio. Vivi-o intensamente, com meu cigarro. Foi meu momento de repouso.

"Mike. Mike, há algo que agora sabemos sobre Jennifer e que queremos que você também saiba. Você está pronta para isso?"

"Estou pronta."

"Você não viu o relatório da toxicologia. Tom mandou dar sumiço nele. Mike, Jennifer era viciada em *lítio*."

Lítio... Absorvi aquilo — o lítio. Em nossa cidade, aqui em Drogalândia, um polícia logo fica versado em seus remédios. Lítio é um metal leve, com aplicações comerciais em lubrificantes, ligas e reagentes químicos. Mas carbonato de lítio (acho que é um tipo de sal) é um estabilizador emocional. Lá se vai nosso claro céu azul. Porque o lítio é usado no tratamento do que já ouvi dizer (com precisão e justiça) que é o Mike Tyson das perturbações mentais: a maníaco-depressiva.

Eu disse: "Você nunca soube que ela tivesse nenhum tipo de problema assim?".

"Não."

"Você falou com o Trader?"

"Não contei a ele. Com Trader eu meio que contornei. Mas não. Não! Jennifer? Você conhece alguém tão equilibrada quanto ela?"

É, mas as pessoas fazem coisas sem que as pessoas saibam. As pessoas matam, enterram, se divorciam, se casam, mudam de sexo, piram, dão à luz, sem que as pessoas saibam. As pessoas têm trigêmeos no banheiro sem que as pessoas saibam.

"Mike, é engraçado, sabe? Não estou dizendo que melhora alguma coisa. Mas com isso é como se a gente tivesse virado uma página difícil."

"Coronel Tom?"

"Ele voltou. Achei que o tínhamos perdido. Mas ele voltou."

Miriam se virou. Lá estava ele, seu marido: o beiço caído, as órbitas marcadas. Como se agora *ele* tivesse tomado lítio. Seu humor havia se estabilizado. Estava contemplando, perseverante, em meio ao sufoco universal.

"Entende, Mike, a gente estava procurando um porquê. E acho que descobrimos um. Mas de repente não temos um quem. Quem era ela, Mike?"

Esperei.

"Responda, Mike! Responda! Se não você, quem? Henrik Overmars? Tony Silvera? Aproveite agora. Tom vai deixar você um tanto compassiva. Responda! Tem de ser você, Mike."

"Por quê?"

"Você é mulher."

E eu disse sim. Disse sim. Sabendo que minha opinião não seria nenhum ketchup ou besteira hollywoodiana, mas algo absolutamente sombrio. Sabendo que aquilo me faria ultrapassar minha linha de fundo pessoal e percorrer o campo todo até o outro lado. Sabendo também — porque acho que na hora eu sabia — que a morte de Jennifer Rockwell estava oferecendo

65

ao planeta um exemplo de notícias novas: algo nunca visto antes.

Eu disse: "Você tem certeza de que deseja uma resposta?".

"Tom quer uma resposta. Ele é um polícia. E eu sou a esposa dele. Tudo bem, Mike! Você é uma mulher. Mas acho que você é bem durona."

"É", eu disse, e minha cabeça pendeu. Sou bem durona. E a cada hora que passa, menos me orgulho disso.

Ela se voltou novamente para a figura expectante de seu marido, e lentamente anuiu com a cabeça. Antes de dar um passo para juntar-se a ele, e antes que eu a seguisse ainda cabisbaixa, Miriam disse:

"Quem diabos ela era, Mike?"

Acho que todos temos agora essa imagem em nossas cabeças; e os sons. Temos esses fotogramas de filme. Tom e Miriam têm. Eu tenho. Na salinha de interrogatórios, vi quando eles se formaram do outro lado dos olhos de Trader — fotogramas de filme mostrando a morte de Jennifer Rockwell.

Vocês não a veriam. Vocês veriam a parede atrás da cabeça dela. Depois, a primeira detonação, e sua flor horrenda. Depois, um baque, um gemido e um tremor. Depois, o segundo tiro. Depois, um baque, uma engolida, um suspiro. Depois, o terceiro.

Vocês não a veriam.

Parte 2
FELO DE SE

A AUTÓPSIA PSICOLÓGICA

Suicídio é o trem noturno, apressando nosso caminho rumo à escuridão. Não chegaremos lá tão rápido, não por meios naturais. A gente compra a passagem e embarca. A passagem custa tudo o que possuímos. Mas é apenas de ida. O trem nos leva para dentro da noite e nos deixa lá. É o trem noturno.

Agora sinto que alguém está dentro de mim, como um intruso, a lanterna em punho. Jennifer Rockwell está dentro de mim e tenta revelar o que não quero ver.

Suicídio é um problema da mente-corpo que termina violentamente e sem nenhum vencedor.

Tenho de reduzir a velocidade dessa porra. Tenho de reduzi-la totalmente.

O que estou fazendo aqui, com a esferográfica, o gravador e o PC — é o mesmo que Paulie No estava fazendo na sala do legista, com a tenaz, a serra elétrica, a bandeja de bisturis. Só que chamamos isso de autópsia psicológica.

Eu posso fazer isso. Sou treinada para fazer isso.

Memória:

Durante algum tempo, embora só por pouco tempo e só uma vez em minha presença, costumavam chamar-me "Mike Suicídio". Achavam que era ofensivo demais, mesmo para a central, e logo pararam com isso. Ofensivo não para os pobres coitados encontrados com o corpo curvado em assentos de carros em garagens hermeticamente fechadas, ou meio submersos em banheiras rubras de sangue. Ofensivo para mim: significava que eu era tola o bastante para atender a chamadas de qualquer vagabundo. Porque um suicídio não melhorava em nada nosso índice de solução de casos. Nos serões, o telefone tocava e Mac ou O'Boye já estariam torcendo a boca sobre o receptor tampado com a mão em concha e dizendo: *Que tal você cuidar deste aqui, Mike? É uma m.s. e preciso de grana para o operação da minha mãe.* Uma morte suspeita — não o assassinato que ele cobiça. Pois o garotinho perdido aqui também acredita que suicídios são um insulto aos seus dotes forenses. Ele quer um *facínora* normal. Não um panaca que, um século atrás, teria sido enterrado em cova rasa, debaixo de um montão de pedras, com uma estaca atravessada no coração. Depois, por algum tempo — pouco, como eu disse — ficavam passando-me o telefone, impassíveis: *É para você, Mike. É um suicídio.* E então eu gritava para eles. Mas talvez não fizessem por mal. Talvez me comovesse e atraísse, mais do que a eles, agachar-me sob a ponte na margem do rio, ficar em pé numa escadaria de casas geminadas enquanto uma sombra girava lentamente na parede, e pensar naqueles que odeiam as próprias vidas e escolhem desafiar a terrível providência de Deus.

Como parte de meu trabalho, completei, entre muitos outros, o curso na Pete chamado "Suicídio: Conclusões sombrias", e freqüentei aquele, também durante o horário do expediente, com uma série de conferências mais amenas sobre "Padrões de suicídio" no CC. Fiquei conhecendo os gráficos e diagramas do suicídio, suas fatias de torta, seus círculos concêntricos, seus códigos de cor, suas flechas, cobras e escadas. Com meus giros na Prevenção de Suicídios, lá no 44, mais os cento e poucos suicídios em que trabalhei no Show, passei não só a conhecer os resultados físicos mas o quadro básico de suicídio, o *ante mortem*.

E Jennifer não se encaixa aqui. Não se enquadra.

70

Estou com minhas pastas sobre o sofá, nesta manhã de domingo. Repassando minhas anotações para ver o que tenho:

* Em todas as culturas, o risco de suicídio aumenta com a idade. Mas não de modo linear. A linha diagonal do gráfico parece ter uma seção mediana plana, como uma escada com um patamar no meio. Estatisticamente (se é que as estatísticas valem alguma coisa neste caso), quando você entra na casa dos vinte, fica no nível do solo até o salto para o risco na meia-idade.

Jennifer tinha vinte e oito.

* Aproximadamente cinqüenta por cento dos suicidas já o tentaram antes. São para-suicidas ou pseudo-suicidas. Aproximadamente setenta e cinco por cento avisam. Cerca de noventa por cento têm histórias de egressão — de fuga.

Jennifer não havia tentado antes. Até onde sei, não avisou. A vida inteira ela superou as dificuldades.

* Suicídio é extremamente dependente dos meios. Eliminem-se os meios (gás doméstico tóxico, por exemplo) e a taxa desaba.

Jennifer não precisava de gás. Como muitos outros americanos, ela possuía uma arma de fogo.

* Estas são as minhas anotações. E quanto às anotações *deles*, e quantos deles as deixam? Alguns estudos dizem que setenta por cento, outros dizem que trinta. Bilhetes de suicidas, segundo se supõe, geralmente são escamoteados pelos entes queridos do falecido. Os suicídios, como vimos, muitas vezes são camuflados — borrados, encobertos. Axioma: Suicídios geram dados falsos.

Jennifer, aparentemente, não deixou um bilhete de suicídio. Mas eu sei que ela escreveu um. Simplesmente sinto que deixou.

Pode ser de família mas não é herdado. É um padrão, ou uma configuração. Não é uma predisposição. Se sua mãe se mata, isso não ajuda, e abre uma porta...

Aqui estão mais algumas coisas a fazer e não fazer. Ou, no final das contas, não fazer:

Não fique por perto da morte. Não fique por perto de produtos farmacêuticos.

Não seja um imigrante. Não seja um alemão que acaba de sair do navio.

Não seja romeno. Não seja japonês.

Não more onde o sol não brilhe.

Não seja um homossexual adolescente: um entre três tentará.

Não seja um nonagenário em Los Angeles.

Não seja alcoólatra. É suicídio a prestação, no final das contas.

Não seja esquizofrênico. Desobedeça a essas vozes em sua cabeça.

Não fique deprimido. Anime-se!

Não seja Jennifer Rockwell.

E não seja homem. Não seja homem, no que quer que faça. É claro que Tony Silvera estava falando merda quando disse que suicídio era "coisa de mina". Ao contrário, suicídio é coisa de macho. *Tentar* é coisa de mulher: elas têm mais que o dobro de propensão a fazer isso. *Conseguir* é coisa de homem: eles são duas vezes mais propensos a fazer isso. Há só um dia no ano em que é mais seguro ser homem. O Dia das Mães.

O Dia das Mães é o dia para o *felo de se*. Por que isso? Gostaria de saber. Será pelo tudo-que-sobrou da mesa do café da manhã no Quality Inn? Não. As suicidas são mulheres que pularam o almoço. São mulheres que pularam os filhos.

Não seja Jennifer Rockwell.

A pergunta é: Mas por que não?

ESTRESSANTES E PRECIPITANTES

A primeira pessoa com quem vou querer conversar é Hi Tulkinghorn — o médico de Jennifer. Ao longo dos anos cruzei um punhado de vezes com esse camarada na casa dos Rockwell (churrascos, coquetéis na véspera do Natal). E, lembrem-se, o coronel Tom o chamou para me examinar, quando eu estava lá, na lei seca: delirium tremens durante uma semana no quarto de um dos filhos, no térreo. Não me lembro muito bem de qual deles. Baixinho, calvo, olhos límpidos, Tulkinghorn é o tipo de médico mais velho que, com o passar do tempo, parece voltar cada vez mais para dentro o seu know-how médico — para manter seu pequeno show em cartaz. O *outro* tipo de médico mais velho é um bêbado. Ou *está* em tratamento. Quando eu estava me tratando, Jennifer costumava entrar no quarto à noite. Sentava-se ali e lia para mim. Punha a mão em minha testa e ia buscar água.

Muito bem. Eu havia ligado para o consultório de Tulkinghorn no dia oito de março, quase duas semanas atrás. E sabem de uma coisa? O velho ranheta estava num *cruzeiro de pôquer* pelo Caribe. Por isso, pedi para sua secretária bipá-lo e ele me ligou gritando lá do *Straight Flush*. Dei-lhe a notícia e falei que estava continuando com o caso. Ele disse para marcar um horário. Liguei para o seu consultório novamente, e consegui levar um papo. Descobri que não é Tulkinghorn quem joga pôquer. É a mulher dele. Ele fica numa boa, tomando sol numa espreguiçadeira — enquanto ela se debruça numa mesa no salão, jogando fora sua segunda casa num par de dois.

Hi Tulkinghorn trabalha num prédio de apartamentos em estilo gótico perto de Alton Park, no trigésimo sétimo andar. Sentei-me ali no corredor estreito, como uma paciente, entre alguém que sofria do ouvido, de um lado, e alguém que sofria da garganta, de outro. A secretária tostada de sol sentou-se em seu cubículo revirando papéis e atendendo ao telefone: "Consultório médico?". Tipos mais jovens em aventais, parecendo internos, entravam e saíam com pranchetas e frascos. Paredes de arquivos e pastas, do chão ao teto: o quê? Relatórios de biópsias esbranquiçados. Análises de urina empoeiradas. O sr. Ouvido e o sr. Garganta gemeram desanimados quando a mulher acenou para mim. Passei das sombras do corredor para o ar germânico do consultório de Tulkinghorn e o cheiro habitual de líquido de limpeza bucal.

Eu gostaria de poder dizer que o bronzeado de Hi o deixava com um aspecto de morte requentada. Mas ele apenas piscou os olhos, com muita autoconfiança, atrás de sua escrivaninha. Agora, disso me lembro bem. Quando eu estava alucinando, no quartinho da casa do coronel Tom, recebendo visitas, algumas reais, outras não, e desejando muito saber como passaria a próxima meia hora, às vezes pensava: sei. Vou transar com um desses fantasmas. Isso vai matar algum tempo. Mas eu não quis transar com Hi Tulkinghorn. Ele tem conhecimento demais sobre a morte, conhecimento sobriamente absorvido, em seus pálidos olhos azuis. Agora, cuidado! Não diga Hi.

"Doutor?"

"Detetive. Sente-se."

"Como foi o cruzeiro? Sua esposa ganhou dinheiro?"

"Não ganhou nem perdeu. Lamento não ter comparecido ao enterro. Tentei pegar um avião de Port of Spain. Falei com o coronel e a senhora Rockwell. Vou fazer o que puder."

"Então o senhor sabe por que estou aqui."

Fizemos uma pausa. Abri meu caderno e baixei os olhos para a página. De repente fiquei muito impressionada com minhas anotações da noite anterior. Diziam: *Natureza do distúrbio: Reativo/não-reativo? Afetivo/ideativo? Psicológico/orgânico? Interno ou externo?*. Comecei:

Doutor Tulkinghorn, que tipo de paciente era Jennifer Rockwell?

...Ela... ela não era.

Desculpe-me? Qual era sua história clínica?

Ela não tinha.

Não entendo.

Até onde eu sei, ela nunca passou um dia inteiro doente na vida. Exceto, é claro, na infância. Os check-ups dela eram uma brincadeira.

Quando o senhor a viu pela última vez?

Aqui? Cerca de um ano atrás.

Ela estava aos cuidados de mais alguém?

Não tenho certeza se estou entendendo. Jennifer tinha um dentista e uma ginecologista, uma tal doutora Arlington. Amiga minha. Era a mesma história. Como espécime, Jennifer estava perto do fenomenal.

Então por que estava viciada em lítio, doutor?

Lítio? Ela não estava viciada em lítio, detetive.

Está vendo isto? É da Toxicologia. Ela tem um psiquiatra?

Certamente não. Eu teria sido notificado — você sabe disso.

Ele apanhou a folha xerocada de minha mão e examinou-a, indignado. Uma indignação calada. Eu sabia o que estava pensando. Ele já estava pensando: se ela não conseguiu isso de um profissional, então onde foi? O próximo pensamento é: você pode conseguir qualquer coisa nesta cidade — fácil! É mesmo? Não me diga! E não de um pivete numa esquina, mas de um merdinha sorridente vestindo um jaleco de laboratório. Os nomes das drogas podem se estender ali por vinte e cinco sílabas... Um silêncio se fez. Um silêncio do tipo que deve ser bem freqüente, em sua linha de trabalho. Em salas de parto, diante de resultados de testes, na luz refletida de telas de radiografia. E em seguida o dr. Tulkinghorn perdeu o interesse por Jennifer. Com um levíssimo dar de ombros, deixou Jennifer Rockwell partir.

Sim, tudo bem. Pelo menos dá para ver um padrão aqui. Ela estava medicando a própria cabeça. Isso sempre é enganoso.

Como assim?

É como hipocondria mental. Psicotrópicos tenderiam a intensificar isso. Tem-se um efeito de espiral.

Diga-me, doutor, ficou muito surpreso quando soube?

Surpreso. Surpreso. Ah, claro. E fiquei mal por Tom e Miriam. Mas, na minha idade. Nesta profissão. Não estou certo se sou capaz... de espanto.

E eu queria dizer: Caras, *vocês* se matam um bocado, não? Vocês, sim: sua cota é três vezes mais alta do que a do Zé-Ninguém. Os psicanalistas encabeçam a lista, com seis vezes mais. Depois, em ordem decrescente, vêm os veterinários, os farmacêuticos, os dentistas, os fazendeiros, e os médicos. O que eu gostaria de saber aqui é qual a ligação. Exposição aos processos naturais de morte, doença e, talvez, decadência. Ou apenas exposição ao sofrimento — freqüentemente o sofrimento mudo. E disponibilidade de meios. Os estudos falam sobre "tensão do papel". Mas um polícia também tem tensão do papel. E embora sejamos propensos ao suicídio, não somos em nada parecidos com esses malditos camicases de avental azul-celeste. Na aposentadoria, todos estamos no risco máximo. Acho que tem a ver com poder. Com o exercício diário do poder e o que acontece conosco quando o poder nos é retirado.

Ergui os olhos de minhas anotações. Algo se alterara no foco de Tulkinghorn. Ele estava me contemplando. Eu não era mais seu inquiridor. Era a detetive Mike Hoolihan que ele conhecia: polícia e alcoólatra. E paciente. Seus olhos lavados me encaravam agora com aprovação, mas uma aprovação fria, que não dava nenhum refresco ao espírito. Nem para o dele, nem para o meu.

"Você se manteve em forma, detetive."

"Sim, senhor."

"Nenhuma recorrência naquela tolice?"

"Nenhuma."

"Ótimo. Você também já viu quase de tudo, não?"

"Quase. Sim, senhor, acho que sim."

Quando cheguei em casa, a custo encontrei a lista que compilara ao voltar do enterro. Apressada e com letras em negrito, a lista tem o título de Estressantes e Precipitantes. Mas o que segue agora parece vago como chuva:

1. Significante Outro? Trader. Coisas que ele não via?

2. Dinheiro?
3. Trabalho?
4. Saúde física?
5. Saúde mental? Natureza do distúrbio:
   a) psicológico?
   b) ideativo/orgânico?
   c) metafísico?
6. Segredo *profundo*? Trauma? Infância?
7. *Outro* Significante Outro?

Agora risco o 4. O que me deixa divagando sobre o que quero dizer por 5 c). E pensando sobre 7. Será o sr. Sete sua ligação com o lítio?

UMA SENSAÇÃO DE ENCERRAMENTO

Cenas de morte são tão delicadas quanto orquídeas. Como a própria morte química, parecem dedicadas ao ramo da deterioração e decadência. Mas minha cena de morte tem a eterna juventude. Ainda está com a faixa na porta. Não passe. Passo.

O sangue na parede do quarto agora parece preto, apenas com o mais leve traço de ferrugem. No alto do salpico, próximo ao teto, as gotas menores juntam-se como girinos, as caudas apontando para longe do local da ferida. Uma seção retangular da parede foi removida pela equipe da perícia, bem no meio do borrão-base onde ficava o buraco de bala. Mais abaixo, a marca da toalha entalada.

Penso em Trader, e vejo-me contemplando a cena principalmente como um problema de decoração de interiores. Quero apanhar o esfregão e estrear no ramo. Quando ele voltar, conseguirá dormir neste quarto? Quantas demãos de tinta ele vai querer? Surpreendentemente, acho que estou descobrindo um amigo em Trader Faulkner. Menos de uma semana depois de tentar o máximo para mandá-lo para uma injeção letal, estou encontrando um amigo em Trader Faulkner. Falei com ele no velório dos Rockwell. É a chave dele que tenho na mão. Ele me disse onde procurar tudo.

Jennifer mantinha todos os seus documentos pessoais num baú azul trancado na área de estar, e tenho também uma chave para ele. Mas primeiro percorri rapidamente o apartamento de cômodo em cômodo, só para ter uma idéia: lembretes autocolantes no espelho sobre o telefone, peças imantadas segurando papéis na porta da geladeira (dizendo LEITE e FILTROS), um armário de banheiro contendo cosméticos e xampus e alguns medicamentos patenteados. No armário do quarto, seus suéteres estão pendurados com capas de polietileno. A gaveta de roupas íntimas é uma galáxia — brilho estelar...

Não faz muito tempo, costumava-se dizer que todo suicídio dava um prazer especial a Satanás. Não acho que isso seja verdade — a menos que não seja verdade também que o diabo é um cavalheiro. Se o diabo não tem nenhuma classe, então tudo bem, concordo: ele tira o maior sarro com um suicídio. Porque suicídio é uma bagunça. Como objeto de estudo, o suicídio talvez seja singularmente incoerente. E o ato em si não tem molde nem forma. O projeto humano implode, contorce-se para dentro — vergonhoso, infantil, espasmódico, gesticulante. É uma bagunça lá dentro.

Mas agora dou uma olhada e o que vejo é uma ordem estabelecida. Tobe e eu somos relaxados, e quando um par de relaxados junta os trapos, o resultado não é relaxado vezes dois — é relaxado ao quadrado. É relaxado ao cubo. E este lugar, para mim, parece uma obra-prima de sistema: agradável, porém inexpressiva, sem nada de rígido. Lares de auto-imolados possuem um aspecto de mau humor e derrota. Os pertences abandonados parecem dizer: não éramos bons o bastante para você? Não servíamos para nada? Mas o apartamento de Jennifer parece estar esperando sua amante voltar — entrar voando pela porta. E, contra toda expectativa, começo a ficar contente. Depois de semanas com uma torção azeda na barriga. O edifício não é geminado e basta apenas meia hora para que se perceba o sol girando ao redor e alterando os ângulos de todas as sombras.

Trader e Jennifer, dois birôs, duas estações de trabalho, na sala de estar, separados por menos de três metros. Na escrivaninha dele, há uma folha de papel impressa com uma coisa assim:

$$p(x) = a_0 + a_1 x + a_2 x^2 + a_3 x^3 + ...$$

Na escrivaninha dela, há uma folha de papel de datilografia com um troço escrito assim:

$$x = \frac{30 \text{ m}}{10^{-21}} = 3 \times 10^{22} \text{ m.}$$

E você pensa: Ei! Ele a ouvia. Ela o ouvia. Falavam a mesma língua. Não é o que todos devemos querer? O parceiro amado, a três metros de distância: silêncio, empenho, causa comum. Não é o que todos devemos querer? Para ele, uma mulher na casa. Para ela, um homem na casa, a três metros de distância.

Abri a tampa do baú azul.

Continha nove álbuns de fotos e nove maços de cartas amarrados com uma fita — todas de Trader. Esta é a história deles, ilustrada e anotada. E ordenada, naturalmente. Especificamente ordenada ou ordenada de qualquer jeito? Num suicídio premeditado, geralmente há algum tipo de tentativa meio besta de "pôr as coisas em ordem": tentar um acabamento. Procurar um acabamento. Mas eu não sentia essa vibração aqui, e imaginei que o "santuário" de Trader fora montado e entrara em funcionamento desde o ano um. Icei tudo para fora e abaixei-me no tapete. Começando pelo começo: a primeira carta dele, ou bilhete, datada de junho de 1986:

Cara senhorita Rockwell: Perdoe-me, mas não pude deixar de notá-la hoje à tarde na Quadra Dois. Que belo jogo você tem na quadra inteira — e que backhand de toureiro! Gostaria de saber se conseguiria convencê-la a me conceder uma partida, ou uma lição. Eu era o amador de cabelos escuros e pernas tortas da Quadra Um.

E depois prossegue ("Aquilo é que foi um verdadeiro jogo de tênis!"), com pequenos lembretes sobre conferências e almoços. Logo o álbum está contando a história: ali estão eles na quadra, individualmente e depois juntos. Depois, complicação. Depois, complicação superada. Depois, sexo. Depois, amor. Depois, férias: Jennifer em traje de esqui, Jennifer na praia. Cara, que corpo! Aos vinte anos, ela parecia uma modelo em um anúncio para esses cereais que têm um gosto ótimo mas também fazem a gente cagar direito. Trader bronzeado ao seu lado. Depois, a formatura. Depois, a vida em comum. E as cartas manuscritas ainda continuam chegando, as palavras continuam saindo, as palavras que uma mulher deseja ouvir. Nenhum fax de Trader destruído. Faxes, que esmaecem em seis meses, como amor contemporâneo. Nenhum lembrete rascunhado na torradeira, como os que recebo de Tobe. E recebia de Deniss, de Jon, de Shawn, de Duwain. COMPRE PAPEL HIGIÊNICO, PELO AMOR DE DEUS. Não funcionaria com Jennifer. Ela recebia um puta poema a cada dois dias.

Complicação? Complicação era superada, e não ocorria novamente. Mas complicação certamente havia. Seu tema: instabilidade mental. Não dela. Não dele. De outras pessoas. E devo dizer que fiquei muito, mas muito surpresa ao ver meu nome figurando nesse ponto...

Preparei-me para o que agora estão chamando de "transição". Mas muita coisa ali eu já sabia. O namorado rejeitado. A companheira de quarto pirada. A dificuldade começa logo de saída, quando Trader começa a ficar sério. Tem esse machão, chamado Hume, que precisa ser tirado do quadro. O bambambã da universidade não consegue aceitar a situação. Assim, o que ele faz é presentear Jennifer com o espetáculo de seu colapso. Et cétera. Depois, o outro problema, desvinculado desse e de qualquer outra coisa do mundo externo: uma colega de quarto de Jennifer, uma garota chamada Phyllida, acorda certa manhã com fumaça negra saindo pelas orelhas. De repente a chata dessa garota ou está bocejando na parede do banheiro ou uivando para a lua lá fora. Jennifer não consegue dar conta de conviver com ela, e dá no pé, volta para a casa dos Rockwell. E quem ela encontra, empesteando o quarto de seu irmão e balbuciando para os travesseiros, senão a detetive Mike

Hoolihan? "Oh, meu Deus!", diz Trader, citando-a. "Estou cercada!"

Nesse ponto, há uma frustração com uma correspondência de mão única: a narrativa não "desenrola": o que se tem é só uma situação de saltos. Acontecimentos surpreendentes tornam-se pura e simplesmente "Assim são as coisas". Entretanto, Trader gasta um bocado de tinta em torno de Jennifer agora, convencendo-a a sair dessa de que não se pode confiar em ninguém nem em nada. Volta à sanidade ou, pelo menos, à lógica. Pode-se terminar a história assim:

O namorado, Hume, cai fora por algum tempo e pega em drogas. Mas é reabilitado e vence, civilizado. Ele e Jennifer até conseguem almoçar juntos numa boa.

Muito sedada, Phyllida consegue se formar. Um membro distante da família a hospeda. Durante algum tempo, as referências a ela são freqüentes. Depois, desaparecem.

E Mike Hoolihan se recupera. Observa-se, com aprovação, que mesmo alguém com antecedentes como os dela pode acabar dando um jeito nas coisas, se tiver o tipo certo de compreensão e apoio.

Enquanto isso, Trader e Jennifer, naturalmente, assistem a essas nuvens carregadas que passam e se cruzam pelo seu claro céu azul.

Agora as escrivaninhas e os armários de arquivos e a merda infinita, infinita da cidadania, da existência. Contas e heranças, escrituras, aluguéis, impostos — ah, cara, a tortura da gota d'água pingando que é manter-se vivo. *Esse é* um bom motivo para terminar tudo. Diante de tudo isso, quem não gostaria de deitar e dormir?

Duas horas ajoelhada resultam em apenas duas leves surpresas para mim. Primeiro: Trader, além de tudo o mais, é um homem bem de vida e independente. Acho que me lembro de que seu pai era um dos grandes no ramo da construção durante o *boom* do Alasca. De qualquer maneira, esta é a modesta pasta de Trader — suas ações e coberturas, suas doações de

81

caridade regulares e generosas. Segundo: Jennifer nunca abria seus extratos bancários. As pastas de ar ameaçador da merda da Receita Federal estão retorcidas e abertas sobre sua escrivaninha — mas ela nunca abria seus extratos bancários. Aqui estão todos eles, desde novembro último, e ainda fechados. Bem, logo dou um jeito nisso. E encontro débitos prudentes além de uma boa graninha depositada. Então, por que não ler essas boas novas? É aí que descubro: ela nunca abria os extratos porque nunca tinha de fazer nada a respeito. Eram cartas que não precisavam de resposta. Isso é o que se chama de abastança. É pôr a grana no seu devido lugar.

Parece-me que deixei a coisa mais íntima para o fim. Sua bolsa de couro gasta, jogada para o lado esquerdo do espaldar de uma cadeira de cozinha. Esse espaldar é como seu ombro, ereto, largo, com uma levíssima curva para dentro... Meu Deus, a *minha* bolsa, que pareço passar metade da vida escarafunchando, é como um aterro sanitário que passou por um compactador de carros. Não tenho a menor idéia do que acontece lá dentro. Ratos e cogumelos florescem entre os pára-lamas e os estepes. Mas Jennifer, naturalmente, viajava com pouca bagagem, e perfumada. Escova de cabelo de cerdas de javali, hidratante, batom, colírio, blush. Caneta, carteira, chaves. E a agenda também. E se o que estou procurando é um sentido para um fim, então é aqui que está o maior sucesso que posso alcançar.

Folheio as páginas. Jennifer não era do tipo mexeriqueiro que ficava diante de um matagal de compromissos a cada hora disponível. Mas, durante os primeiros dois meses do ano, há muita coisa acontecendo — compromissos, horários, prazos finais, lembretes. E então, no dia dois de março, a sexta-feira, tudo pára de uma vez. Não há nada mais durante o ano inteiro, exceto isto, sob o 23 de março: "AD?". Vinte e três é amanhã. Quem ou o que é AD? Anúncio? Anno Domini? Não sei... Alan Dershowitz?

Antes de sair, enquanto fechava o baú azul, dei mais uma olhada na última carta de Trader. Estava entre os papéis soltos e fotos que ainda esperavam ser agrupados e organizados, e tinha a data de 17 de fevereiro deste ano. O carimbo postal era de Filadélfia, onde Trader estava participando de uma conferência de dois dias sobre "A mente e as leis da física". Chega a ser embaraçoso: mal posso dispor-me a citar. "O lado oriental de cada um de meus momentos já está iluminado por você e o pensamento de amanhã..."

Eu te amo. Sinto saudades de você. Eu te amo. Não. Jennifer Rockwell não tinha problemas com esse namorado. Ele é perfeito. Ele é tudo o que todas nós queremos. Por isso, estou pensando agora é que ela deve ter tido um problema com o *outro* namorado.

Foto numa estante de livros. É a formatura: Jennifer e três amigas em togas, todas altas mas curvadas de tanto rir. Rindo tanto que parecem um pouco estúpidas. E a piradinha, Phyllida, flagrada no quadro, encolhida no canto.

Sensação estranha com relação ao apartamento. Levei algum tempo para perceber o que era.

Nenhuma televisão.

E um pensamento estranho, na saída. De repente estou pensando: mas ela é filha de um tira. Isso significa alguma coisa. Tem de significar.

Como todo polícia, imagino que eu seja a última palavra em matéria de cinismo, por um lado. E, por outro, não julgo. Nunca julgamos. Podemos deter e levar em cana. Podemos arrebentar com você. Mas não o julgaremos.

Recém-saído do matadouro, aquele chucrute brutamontes do Henrik Overmars ouvirá as desventuras de um bêbado com lágrimas nos olhos. Já vi Oltan O'Boye dar sua última nota de cinco para um idiota chorão lá do Paddy — um sujeito cujo círculo total de conhecidos havia anos deixara de lhe dar cobertura. Keith Booker não perdoa nem um mendigo na rua — não, toda vez ele desliza um dólar pro cara e aperta a mão dele. Sou do mesmo jeito. Somos os maiores otários.

Será porque somos sentimentais brutos? Acho que não. Não julgamos você, não podemos julgar porque, seja o que for que tenha feito, nem passa perto do pior. Você é ótimo. Você não fodeu um bebê e não o atirou contra a parede. Você não retalha velhos de oitenta anos para se divertir. Você é ótimo. Seja o que for que tenha feito, sabemos tudo o que você *poderia* ter feito, e *não fez*.

Em outras palavras, nossos padrões, para o comportamento humano, são irremediavelmente baixos.

Tendo dito tudo isso, eu estava fadada a sofrer um choque hoje à noite. Senti-me de um jeito que muito raramente me sinto: escandalizada. Senti *choque* por todo o corpo. Nem pensem em ondas de calor. Praticamente entrei na menopausa numa tacada só.

Estou de volta ao meu apartamento, preparando o jantar para mim e Tobe. O telefone toca e uma voz masculina diz:

"É, posso falar com Jennifer Rockwell, por favor?"

Eu disse, em tom de recepcionista: "Quem está falando?".

"Arnold. É Arn."

"Um momento!"

Fico ali parada, tensa, no calor da cozinha. Digo a mim mesma para continuar no que já estava fazendo: mantenha seu tom de voz. Pareça uma mulher.

"Na verdade" — alô de novo — "na verdade, Jennifer está fora da cidade esta noite e estou aqui recebendo os recados para ela. Estou com a agenda dela aqui. Ei, vocês dois estavam pretendendo se encontrar em algum momento amanhã?"

"É o que eu estava esperando."

"Então, vamos lá. Arnold...? Começa com D?"

"Debs. Arn Debs."

"Certo. Isso mesmo, ela só quer confirmar onde e quando."

"Às oito estaria bem? Aqui no Pato Selvagem. No Salão Chamariz?"

"Está marcado."

Naquela noite, durante o jantar, eu mal disse uma palavra. E naquela noite, depois que as luzes se apagaram, não é que

84

Tobe quis transar...? Não tem essa coisa de impulso com Tobe. É uma tarefa de grande administração. Como nos filmes do rei Artur — alçar o cavaleiro para cima do cavalo. Mas foi tudo muito gentil, tudo muito doce e gostoso, do jeito que agora preciso que seja. Agora estou sóbria. Antes, eu gostava que fosse rude, ou achava que gostava. Atualmente abomino a mera idéia daquilo tudo. Basta de rudeza, penso. Basta de rudeza!

O trem noturno me despertou por volta das quatro e quinze. Fiquei deitada por algum tempo com os olhos abertos. Nenhuma chance de retorno. Por isso, saí da cama, tomei café e me sentei, fumando diante de minhas anotações.

Estou irritada. De todo modo estou irritada, mas também estou puta com algo pessoal. Eis o que é: os comentários e descrições nas cartas de Trader. Por quê? Eles eram boa gente. E admito que eu devia compor uma visão bem lamentável naquela época, purgando a coisa atrás de cortinas fechadas. Com que estou preocupada? Minha privacidade? Ah, certamente! À medida que me desligo do trabalho, começo a ver essas coisas com mais clareza. E *privacidade* é aquilo que um polícia passa a vida inteira pisando em cima e atropelando com brutalidade. Cedo, muito cedo, perdemos todo conceito a respeito. Privacidade? O que é isso? Não, o que está me aborrecendo, eu acho, é a coisa da minha infância. Como se, por causa dela, não pudesse haver nenhum outro resultado.

Tem duas coisas relacionadas que preciso registrar aqui.

A primeira é a razão por que gosto do coronel Tom. Não exatamente a razão, mas o momento em que eu soube que isso era verdade. Houve um assassinato de alto nível lá no 99. Um bebê morto numa geladeira de piquenique. Falavam de guerra de drogas e distúrbios raciais. Zunzunzum da mídia. Eu estava passando pelo escritório dele e o ouvi ao telefone. Na época, ele era o tenente Rockwell, falando ao telefone com o prefeito. E eu o ouvi dizer, muito determinado: *Minha Mike Hoolihan vai chegar e esclarecer tudo.* Eu já o ouvira utilizar esse tipo de falação antes. Meu Keith Booker. Meu Oltan O'Boye. Foi ape-

85

nas o jeito como ele disse aquilo. "Minha Mike Hoolihan vai chegar e esclarecer tudo." Entrei no banheiro e soltei o choro. Depois, fui e esclareci o assassinato do 99.

A segunda coisa é o seguinte. Meu pai me molestava quando eu era criança. Lá em Moon Park. Isso mesmo, ele costumava me comer, certo? Começou quando eu tinha sete anos e parou quando completei dez. Decidi que depois que eu passasse dos dez aquilo simplesmente não iria acontecer. Com esse intuito, deixei crescerem as unhas de minha mão direita. Também as afiei e endureci com vinagre. Esse crescimento, essa afiação, esse endurecimento: era a realidade da minha decisão. Na manhã seguinte ao meu aniversário, ele entrou no meu quarto. E quase arranquei seu maldito rosto fora. Isso mesmo! Tive a maldita coisa na mão como uma máscara do Dia das Bruxas. Segurei-a pela têmpora, logo acima do olho, e senti que com mais um rasgão poderia descobrir o que meu pai realmente era. Aí minha mãe acordou. Nós, Hoolihan, nunca fomos uma unidade exemplar. Ao meio-dia daquele mesmo dia já deixávamos de existir.

Sou o que chamam de "encargo do Estado". Fui um pouco adotada também, mas basicamente sou encargo do Estado. E quando criança sempre tentei amar o Estado como se ama um pai, e concordava com ele em tudo. Eu nunca quis um filho. O que eu quis foi um pai. Dessa forma, como ficamos todos, agora que o coronel Tom não tem uma filha?

Às sete e quarenta e cinco liguei para a central. Johnny Mac: o sr. Chicote dos serões, que agora estaria caindo aos pedaços. Pedi-lhe que mandasse Silvera ou outro que estivesse por lá fazer uma identificação de Arnold Debs.

Retomei minha lista: Estressantes e Precipitantes. Sim, vejamos como está. Risquei o 2 (Dinheiro?). E risquei o 6 (Segredo *profundo*. Trauma? Infância?). Isso não me deixa muita coisa.

Hoje estou fazendo o 3 (Trabalho?). E à noite estarei fazendo o sr. Sete.

OITENTA BILHÕES DE PULSAÇÕES POR ANO

Jennifer Rockwell, para dizer tudo de uma vez, trabalhava no Departamento de Magnetismo Terrestre do Instituto de Problemas Físicos. O instituto fica bem ao norte do campus, na subida para o Mount Lee, onde se ergue o velho observatório. O caminho é o seguinte: pegar a MIE em volta da universidade e contornar a Lawnwood. E seguir direto por uns vinte minutos no desvio da Sutton Bay. O desvio da Sutton Bay: outro excelente motivo para estourar os miolos.

Depois, estaciona-se o carro e caminha-se em direção a um agrupamento baixo de edifícios revestidos de madeira, na expectativa de ser abordado por um guarda-florestal, um escoteiro ou um esquilo. Ali vem o Tico. Ali vem o Teco. Ali vem o Pica-pau usando um boné de beisebol virado para trás. O Departamento de Magnetismo Terrestre tem a seguinte fórmula pendurada na parede do saguão de entrada: ET GRITIS SICVT DEI SCIENTES BONVM ET MALVM. Consegui que um rapaz que estava passando traduzisse para mim: *E sereis como deuses, conhecendo o bem e o mal*. Isso é Gênese, não? E não é o que a Serpente diz? Toda vez que saí para vir até a universidade — para assistir a uma conferência de criminologia, atender uma ocorrência, o suicídio de um estudante ao chegar a hora da prova —, sempre tive a mesma sensação. Penso: é um saco não ser jovem, mas pelo menos não preciso fazer uma prova amanhã de manhã. Outra coisa que noto, no Instituto de Problemas Físicos, é que alguém mudou todas as regras de atração. Atração sexual é um problema físico que os estudantes já não estão enfrentando. No meu tempo, na Academia, as mulheres eram só peito e bunda e os homens só pinto e muque. Hoje em dia, o corpo discente não tem corpo nenhum. Agora é tudo estritamente roupa largona.

Sou identificada e saudada no corredor pelo chefe do departamento de Jennifer. O nome dele é Bax Denziger e ele é grande em sua disciplina. Grande mesmo: não um cortador de vigas como o meu Tobe, mas o tipo normal grosseiro, barbudo, olhos afogueados e a boca babando, com (não dá outra) uma

87

massa de três centímetros de espessura de pêlos nas costas. Isso mesmo, um desses sujeitos que basicamente são uma selva. A pequena falha em torno do nariz é a única clareira na floresta tropical. Ele me conduz ao seu escritório, onde me sinto rodeada por quantidades monumentais de informação, tudo disponível, evocável, ao alcance da mão. Ele me serve café. Penso em pedir permissão para fumar, e imagino o jeito como diria não: sem o menor constrangimento. Repito que estou procedendo a uma investigação informal sobre a morte de Jennifer, a pedido do coronel e da sra. Rockwell. É extra-oficial — mas tudo bem se eu usar um gravador? Claro. Ele abana uma das mãos para o ar.

A propósito, Bax Denziger é famoso: televisivo. Sei coisas sobre ele. Tem um avião bimotor e uma segunda casa em Aspen. É esquiador e alpinista. Levantava pesos para o Estado. E não na prisão. Três ou quatro anos atrás, dirigiu uma série no Canal 13 intitulada "A evolução do universo". E aparece nos telejornais sempre que algo acontece em sua área. Nosso Bax é um "comunicador" qualificado que fala em parágrafos, como se estivesse diante de uma câmera. E é de uma forma muito parecida que vou apresentar isso. A linguagem técnica deve estar adequada porque pedi a Tobe que passasse isso no seu computador.

Dei o pontapé inicial perguntando-lhe o que Jennifer fazia o dia inteiro. Poderia ele fazer o favor de descrever o trabalho dela?

Certamente. Em um departamento como o nosso, você tem três tipos de pessoas. Pessoas de jaleco branco, que cuidam dos laboratórios e dos computadores. Pessoas como Jennifer — pós-doutores, às vezes professores assistentes —, que comandam as pessoas de jaleco branco. E depois, pessoas tipo o vosso criado. Comando todos à minha volta. Todo dia temos uma tonelada de dados para conferir e processar. E que precisam ser *reduzidos*. Era essa a tarefa de Jennifer. Ela também estava trabalhando em alguns projetos pessoais. No outono passado, trabalhava na velocidade do ingresso de Virgem na Via Láctea.

Perguntei: poderia ser mais específico?

Estou sendo específico. Talvez deva ser mais genérico. Como todos os demais aqui, ela estava trabalhando em questões relacionadas à idade do universo. Um campo altamente controverso e competitivo. Um campo atroz. Estamos olhando o coeficiente de expansão do universo, o coeficiente de diminuição da velocidade dessa expansão, e o parâmetro densidade-massa total. Respectivamente, em resumo: a constante de Hubble, o q-zero e a matéria negra. Estamos perguntando se o universo é aberto ou fechado... Estou olhando para você, detetive, e vejo um habitante do universo visto a olho nu. Estou certo de que não está muito interessada nessa matéria.

Eu disse, bem, não, acho que posso passar sem isso. Mas, por favor...

O que vemos lá fora, as estrelas, as galáxias, os aglomerados e superaglomerados de galáxias, isso é apenas a ponta do iceberg. É apenas a calota de neve na montanha. Pelo menos noventa por cento do universo consiste em matéria negra, e não sabemos o que é essa matéria negra. Nem o que isso representa. Se a densidade de massa total estiver abaixo de certo ponto crítico, o universo se expandirá para sempre. Os céus simplesmente continuarão a ficar mais vazios. Se a densidade da massa total estiver acima de certo ponto crítico, então a gravidade acabará superando a expansão, e o universo começará a contrair-se. Da grande explosão para a grande mascada. Depois — quem sabe? — grande explosão. E assim por diante. O que foi chamado de pulsação de oitenta bilhões de anos. Estou tentando lhe dar uma idéia do tipo de coisa em que Jennifer pensava.

Perguntei-lhe se Jennifer olhava muito ao telescópio. Ele sorriu com indulgência.

Bolha, bolha, Hoyle e Hubble. Allan Sandage precisa de uma bandagem. Ah, a gaiola à meia-noite, com frasco, agasalho, rabo de couro e bexiga de ferro. O visual! Detetive...

Desculpe-me. O quê?

O visual. O visual? Na verdade, é uma palavra que ainda usamos. A qualidade da imagem. Tem a ver com a claridade do céu. A verdade, detetive, é que não lidamos mais com muito "visual". É tudo pixel, fibra óptica e CCD. Estamos na ponta que interessa, com os computadores.

Fiz-lhe a pergunta simples. Perguntei se Jennifer estava feliz em seu trabalho.

Vou lhe dizer uma coisa! Jennifer Rockwell era uma inspiração para todos nós. Era superanimada! Persistente, teimosa, honesta. Acima de tudo, teimosa. Sob todos os pontos de vista, seu intelecto era teimoso. Mulheres... Deixe eu reformular a frase. Talvez não no nível de um Nobel, mas cosmologia é um campo em que as mulheres fizeram contribuições duradouras. Jennifer tinha muito a acrescentar nesse campo.

Perguntei se ela possuía algum lado não ortodoxo, um lado místico. Eu disse, vocês são cientistas, mas alguns de vocês acabam tendo uma religião, certo?

Tem uma coisa nesse trabalho. Conhecer a mente de Deus e assim por diante. A gente com certeza fica afetado pela incrível grandeza e complexidade da criação revelada. Mas não perde de vista o fato de que é a *realidade* que estamos investigando aqui. As coisas que estamos estudando são muito estranhas e muito distantes, mas são tão reais quanto o solo sob nossos pés. O universo é tudo o que as religiões devem ser e um pouco mais, estranho, belo, assustador, mas o universo *é a verdade*. Agora, tem gente aqui que se orgulha de dizer: "Tudo isso é só um problema físico. Só isso". Mas Jennifer era mais romântica. Queria muito mais que isso.

Romântica como?

Ela não se sentia marginalizada, como pode acontecer com alguns de nós. Ela achava que esta era uma atividade humana central. E que o trabalho dela era... pro bono. Tinha muita convicção disso.

Perdão. O estudo das estrelas é pro bono?

Agora vou falar aqui com um pouco de liberdade e otimismo. Tudo bem? Falando em termos amplos, faz sentido afirmar que o Renascimento e o Iluminismo foram em parte motivados pelas descobertas de Copérnico e Galileu. Além de Brahe, Kepler e outros. Pode-se pensar que foi decepcionante descobrir que a Terra não passava de um satélite do Sol e que perdêramos nosso lugar no centro do universo. Mas não foi. Pelo contrário! Foi animador, inspirador, libertador! Era sensacional estar de posse de uma verdade negada a todo e qualquer um dos antepassados. Não agimos como se tivéssemos conhecimento disso, mas estamos agora às vésperas de uma mudança equivalente de paradigma. Ou de uma série inteira de paradigmas. O universo ainda era do tamanho de nossa sala de estar até o advento dos grandes telescópios. Hoje temos uma idéia da verdadeira fragilidade e isolamento de nossa situação. E acredito, tal como Jennifer, que quando se considerar tudo isso, essas informações que têm apenas sessenta ou setenta anos de idade, teremos uma visão muito diferente sobre nosso lugar e propósito aqui. E toda essa coisa estúpida, competitiva, essa disputa de território que praticamos diariamente será vista do jeito que é. A revolução está chegando, detetive. E é uma revolução de consciência. Era nisso que Jennifer acreditava.

Mas você estava comendo ela, não estava, professor? E você não abandonaria a gostosinha.

Na verdade, eu não disse essa última parte. Ainda que, na hora, tivesse ficado com vontade. Uma das coisas que eu sabia sobre Bax Denziger: era do tipo doze-filhos-e-uma-esposa. No entanto, apesar de toda sua desenvoltura e brilho televisivos e seu entusiasmo babão, eu sentia intranqüilidade nele,

91

relutância — dubiedades. Havia algo que ele fez e não quis revelar. E eu também estava em dificuldades. Fazia esforço para relacionar o universo dele com o meu. Precisava fazer isso, porque Jennifer os havia ligado. E o que *dizer* de meu universo, também real, também ali, também *a verdade*, e com todas as suas paixões primitivas. Para ele, meu dia mediano devia parecer telenovela de psicótico — atividade superficial enlouquecida. Jennifer Rockwell mudara-se de um mundo para o outro, da criação revelada para a escuridão de seu quarto. Insisti, à espera de que tanto ele como eu encontrássemos as palavras necessárias.

Professor, ficou surpreso quando soube?

Consternado. Todos nós ficamos. Estamos. Consternados e arrasados. Pergunte para qualquer um aqui. As senhoras da limpeza. Os decanos. Como alguém tão... alguém tão radiante decidiria extinguir-se? Isso não entra na minha cabeça. Realmente não consigo.

Alguma vez ela ficou deprimida a ponto de o senhor notar? Oscilações de humor? Ausências?

Não, ela era indefectivelmente alegre. Às vezes ficava frustrada. Todos nós ficamos. Porque nós... estamos permanentemente à beira do clímax. Sabemos muito. Mas há buracos em nosso conhecimento, maiores que o Vazio da constelação do Boieiro.

Qual seja?

É um nada maior do que você conseguiria imaginar. É uma cavidade com uma profundidade de trezentos milhões de anos-luz. É onde está o zero. A verdade, detetive, a verdade é que os seres humanos não são suficientemente evoluídos para entender o lugar em que estão vivendo. Somos todos retardados. Einstein é um retardado. Sou um retardado. Vivemos num planeta de retardados.

Jennifer dizia isso?

Sim, mas ela também achava que essa era a parte mais genial. Bater a cabeça contra a tampa.

Ela falava sobre a morte, não falava? Falava sobre a morte com você?

Não. Sim. Bem, não habitualmente. Mas na verdade tivemos uma discussão sobre a morte. Bem recentemente. Ficou na minha cabeça. Tenho repensado nisso. Como você faz. Não tenho certeza se esse pensamento era dela mesma. Provavelmente não. Mas ela o formulou... de modo memorável. Newton, Isaac Newton, costumava olhar para o sol? Ele se cegaria durante dias, semanas, olhando fixo para o sol. Tentando entender o sol. Jennifer... ela estava sentada aí mesmo onde você está. E citava um aforismo. Um sujeito francês. Um duque. Era mais ou menos o seguinte: "Nenhum homem pode encarar o sol ou a morte com um, com um olho desprotegido". Agora, a parte interessante é a seguinte. Você sabe quem é Stephen Hawking, detetive?

Ele é o... o sujeito na cadeira de rodas. Fala como um robô.

E você sabe o que é um buraco negro, detetive? É, imagino que todos nós temos alguma idéia. Jennifer me perguntou: por que foi Hawking quem descobriu os buracos negros? Quer dizer, nos anos 60 *todo mundo* ficou muito entusiasmado com os buracos negros. Mas foi Stephen quem nos deu algumas respostas. Ela disse: por que ele? E eu dei a resposta do físico: porque ele é o cara mais inteligente do momento. Mas Jennifer queria que eu considerasse uma explicação mais... romântica. Ela disse: Hawking compreendeu os buracos negros porque ele conseguia olhar para eles. Buracos negros significam oblívio. Significam morte. E Hawking passou toda a sua vida adulta encarando a morte. Hawking conseguia ver.

Bem, pensei: não é *isso*. Nesse momento, Denziger olhou para o seu relógio com o que parecia irritação ou ansiedade. Eu disse depressa,

"A revolução de que o senhor falou. De consciência. Haveria baixas?"

Ouvi a porta abrir-se. Um grandalhão de moletom preto estava ali parado, fazendo o gesto de um telefonema. Quando me voltei, Denziger ainda estava me olhando. Ele disse,

"Acho que não seria necessariamente sem derramamento de sangue. Tenho de falar agora com o Havaí".

"Certo. Bem, não estou com pressa. Vou fumar um cigarro lá fora, na escada. Talvez, se o senhor tiver um tempinho, poderia me acompanhar até o carro."

Estendi a mão até o gravador e apertei a tecla de pausa.

Com os braços cruzados para favorecer calor e pensamento, fiquei em pé na escada, contemplando a qualidade de vida. A vida de Jennifer. A vida de Jennifer. A fauna do início da primavera — pássaros, esquilos e até coelhos. E os físicos agitados — os craninhos, os fraquinhos e os aplicadinhos. Um céu branco dava lugar a pedacinhos de azul, e que continha o sol e a lua, sobre os quais ela sabia tudo. Sim, e Trader, do outro lado da colina verde. Eu podia me acostumar com isso.

O universo a olho nu. O "visual". A pulsação de oitenta bilhões de anos. Na noite em que ela morreu, o céu estava tão claro, o visual tão claro — mas o olho nu não é o bastante e precisa de ajuda... No seu quarto, na noite de quatro de março, Jennifer Rockwell realizou uma experiência com o tempo. Ela tomou cinqüenta anos e os comprimiu em alguns segundos. Em momentos de crise extrema, o tempo, de qualquer modo, é desacelerado: uma química calma desce do cérebro para o corpo, para ajudá-lo a passar para o outro lado. Como o tempo deve ter passado lentamente! Ela o deve ter sentido. Jennifer deve ter sentido aquilo — a pulsação de oitenta bilhões de anos.

Estudantes se despediam. Não, não tenho de fazer prova amanhã de manhã. Estou farta de ser testada. Não estou? Então por que estou me sentindo desse jeito? Jennifer está me testando? É isso o que ela está fazendo — aplicando-me um teste? A coisa terrível dentro de mim está ficando mais forte. Juro por

Deus, sinto-me quase grávida. A coisa terrível dentro de mim está viva e passa bem, e está ficando mais forte.

Piscando com todo o seu rosto, Bax Denziger oscilou para a luz de fora. Acenou, aproximou-se — acertamos o passo. Sem nenhum preâmbulo, ele disse:

"Sonhei com você ontem à noite."

E eu disse apenas: "Sonhou, é?".

"Sonhei com isso. E você sabe o que eu disse? Disse: 'Prenda-me'."

"Por que você diria isso, Bax?"

"Escute. Uma semana antes de morrer, pela primeira vez, Jennifer pisou na bola. Ela pisou na bola no trabalho. Pisou feio."

Esperei.

Ele suspirou e disse: "Eu lhe pedira para justificar algumas distâncias na galáxia M101. Princeton estava nos batendo feio — eles estavam acabando conosco. Deixa eu simplificar um pouco. A varredura de densidade da placa dá um punhado de números, milhões deles, que entram no computador para serem comparados e calibrados em relação aos algoritmos. O...".

Pare, eu disse. Quanto mais o senhor me fala, menos entendo. Me conte o final.

"Ela mudou — ela mudou o programa. Examino as reduções na segunda-feira pela manhã e penso '*É isso*'. Eu vinha *rezando* por dados com metade daquela força. Olho novamente e percebo que é tudo besteira. As velocidades, a proporção de elementos pesados — ela mudara todos os valores. E detonara o trabalho de um mês. Fiquei ali, nu contra Princeton. Completamente nu."

"Não um acidente, é o que você está dizendo. Não um engano inocente."

"Não. Parece que foi por *maldade*. Entenda isso. Quando Miriam telefonou e me contou, minha primeira reação foi de alívio. Agora não vou ter de matá-la quando ela chegar. E depois, só a terrível, terrível culpa. Mike, isso está acabando comigo.

Quer dizer, sou assim tão brutal? Será que ela ficou com tanto medo assim de minha raiva?"

A essa altura, estávamos no estacionamento e contornando o carro sem identificação policial. Eu pescara as chaves nos bolsos da calça. Denziger estava com a expressão de alguém a quem a matemática estivesse acontecendo naquele exato momento. Como se a matemática estivesse acontecendo com ele: parecia subtraído, subitamente privado de grande parte de sua energia vital e de seu QI.

"É apenas um elemento isolado. Em um padrão de fuga", eu disse, procurando confortá-lo com algo que parecesse técnico. "Você conhece o Trader?"

"Claro que o conheço. Trader é amigo meu."

"Você lhe falou sobre a proeza de Jennifer?"

"Proeza? Não, ainda não. Mas deixe eu lhe contar uma coisa sobre Trader Faulkner. Ele vai sobreviver a isso. Vai levar anos, mas vai superar. Pelo que eu entendo, é, hã... Tom Rockwell quem está com o problema maior. Trader é forte como um touro mas também é um filósofo das ciências. Ele vive com perguntas sem respostas. Tom vai querer uma coisa transparente. Algo que..."

"Qualifique."

"Qualifique." Quando eu estava entrando no carro, ele me mostrou uma carranca fechada e disse: "Foi uma *boa* peça que ela me pregou. Continuo entrando nessas rixas profissionais porque minhas preferências são muito fortes. Ela sempre disse que eu levava o universo muito para o lado pessoal".

Tom vai querer algo que qualifique. E novamente aquele pensamento: ela era a filha de um tira. Isso deve ser importante. Mas como?

VOCÊ ESTÁ AQUI PARA ENCONTRAR-SE COM JENNIFER ROCKWELL?

O Pato Selvagem é o melhor hotel da cidade, ou certamente tem essa pretensão. Conheço bem o lugar, porque sempre

tive uma fraqueza (o que há de *errado* comigo?) pelo coquetel de vinte dólares. E pelo coquetel de vinte centavos também. Mas nunca reclamei do preço: vale pelo clima. Um Johnny Black duplo em ambiente elegante, com um patife de olhar sonolento e smoking debruçado sobre o pianinho: era essa a minha idéia de diversão. Por sorte nunca entrei aqui quando estava de fato embriagada. Para uma escalada de dois dias, dêem-me o York ou o Dreeley na rua Division. Dêem-me uma longa fila de botecos na Battery. O Pato Selvagem é a grande mansão da Orchard Square. Por dentro, é só painéis de madeira e o baixo-astral coletivo. Recentemente foi reformado. Uma capela high-tech dedicada à Grã-Bretanha. E com muito troço de pato por todo lado que se olha. Gravuras, modelos, engodos — chamarizes. Aqueles quaquás esculpidos, sem valor nenhum, exceto o de raridade, vendidos às dezenas de milhares. Cheguei cedo ali, equipada com a literatura de Silvera sobre Arn Debs. Sentei-me a uma mesa e pedi um Bloody Mary sem vodca, carregado no tempero.

Arn Debs assina *Business Weekly, Time* e *Playboy*. Naturalmente estou pensando: Por que Jennifer deu meu número a ele? Arn Debs dirige um Trans Am e o limite de seu Mastercard é de sete mil dólares. Neste momento, devo supor que ela queria que eu a cobrisse ou intermediasse — o que, imagino, devo levar adiante até o fim. Arn Debs tem uma permanente para o Dallas Cowboys. Provavelmente, em princípio, eu cobriria qualquer mulher do planeta — com uma exceção. Arn Debs aluga filmes de ação aos montes. Com uma exceção: a mãe de Jennifer. Arn Debs é republicano de carteirinha. Ninguém parece preocupar-se muito com Miriam: talvez se suponha que, com sua educação, as catástrofes estejam todas previstas. Arn Debs usa uma ponte, de dente canino a dente canino. Outra interpretação é: Jennifer lhe deu meu número porque ele a estava aborrecendo e ela quis que eu o detivesse. Arn Debs tem três condenações criminais. Duas por fraude postal: essas são do Texas. A primeira foi por agressão com agravantes: essa acusação é bem remota — de quando era apenas um garoto interiorano.

Jennifer pisar na bola no trabalho: isso poderia ter duas explicações. Perda de controle, talvez. Ou uma espécie de incitação pessoal. Arranjar mais uma razão para não encarar a segunda-feira...

Ora, espere um pouco. O Salão Chamariz era um zoológico quando entrei aqui. Mas as oito horas chegaram e passaram. E estou pensando, Não! É aquele maldito pentelho próximo à ponta do balcão. Como é que não notei o sujeito? Eu tinha sua data de nascimento, 25/1/47. Um metro e noventa e cinco. Cento e cinco quilos. Cabelo vermelho. Acho que simplesmente não consegui imaginar o cara e Jennifer em alguma relação. E eu o estivera observando também. Não havia como não notar Arn Debs. Até por volta de oito e quinze, ele não largou a cerveja — por deferência ao seu tesão. Depois, desesperou e passou para o uísque. Agora ele está expansivo, xingando e zombando das garçonetes. E importunando à beça o barman: perguntando ao rapaz sobre sua vida amorosa, sua "macheza", como se fosse o feminino de *macho*. Minha Nossa, os bêbados não são um saco? Os barmen sabem tudo sobre os chatos e a chatice. É o trabalho deles. Não podem cair fora.

Seguro as pontas até que o próprio rapaz bola um jeito de sair. Aí, vou até lá. Todo mundo diz que gosto de me vestir como um policial de ronda. Como o policial de ronda que já fui. Mas minha jaqueta é de algodão preto, não de couro ou cetim preto. E uso calças de algodão pretas, não a sarja oficial. E nenhum cassetete, lanterna, rádio, quepe ou arma. O cara está usando botas de vaqueiro sob as calças soltas. Outro gigante. Os americanos estão passando do teto. As mães assistem a seu crescimento, primeiro com orgulho, depois com pânico.

"Você é Arn Debs?"

"E quem está querendo saber?"

"A lei", disse eu. "É ela quem está querendo saber." E abri a jaqueta para mostrar para ele o distintivo preso em minha blusa. "Você está aqui para encontrar-se com Jennifer Rockwell?"

"Talvez sim, talvez não. E em qualquer dos casos, quero que você se foda."

"Certo. Bem, ela está *morta*", contei a ele. E fiz um gesto controlador com as palmas das mãos levantadas. "Agora calma, senhor Debs. Vai ficar tudo bem. Vamos nos sentar ali no canto e conversar a respeito."

Ele disse calmamente: "Tira essa maldita mão de cima de mim".

E eu disse calmamente: "Tudo bem. Quer vir e escutar enquanto peço alguma coisa? Sua esposa e filha sabem sobre Jennifer e você? Sabem sobre aquele probleminha que você teve em agosto de oitenta e um? Com aquela cara, como é o nome dela — September Duvall? Foi uma queixa de estupro, não foi? Encanado por Agressão com Agravante. Isso foi quando você ainda morava lá em Pé-no-saco, Nebraska. Lembra-se?".

"Eric?", chamei o barman. "Traga um Bloody Mary sem vodca pra mim e um Dewar duplo para o cavalheiro aqui na minha mesa."

"Agora mesmo, detetive Hoolihan. Agora mesmo."

O que estou vendo daqui, penso (e ele agora está sentado defronte a mim, apertado no canto da vitrina, com um pato oco praticamente empoleirado em cada ombro), é um caipirão melhorado por um bom casaco de tweed e calças listradas, que gosta de transar todas sempre que sai em viagem. Mesa para dois reservada lá em cima, no restaurante francês. Bronzeado texano, óculos escuros a postos no seu bolso de cima, e uma cabeça de cabelo louro queimado da qual tem verdadeiro orgulho — estou surpresa de que não se chame Randy ou Rowdy ou Red. Alto, largo e bonitão, com olhos miudinhos. Um garanhão de carteirinha que estava *bem perto* de ser uma bicha.

Eu disse beba, senhor Debs.

Ele disse bem, é uma virada e tanto para um começo de noite.

Eu disse então você é amigo de Jennifer Rockwell?

Ele disse isso mesmo. Bem, só a encontrei uma vez.

Eu disse quando?

Ele disse ah, talvez um mês atrás. Sempre faço essas viagens de negócios, tipo a cada três ou quatro semanas? Conheci-a em minha última viagem. Vinte e oito de fevereiro. Me lembro porque não é ano bissexto. Conheci-a no dia vinte e oito de fevereiro.

Eu disse onde?

Ele disse aqui. Aqui mesmo. Ali no balcão. Ela estava sentada a uns dois tamboretes ao lado e começamos a conversar.

Eu disse ela estava aqui sozinha? Não estava esperando alguém?

Ele disse é, sentada ali no balcão com um vinho branco. Você sabe.

Eu disse e aí, o que você estava pensando?

Ele disse para falar a verdade, achei que ela era tipo uma modelo, ou talvez até mesmo uma espécie de garota de programa de alta classe. Como as que a gente encontra nos hotéis melhores. Não que eu estivesse disposto a pagar. Aí começamos a conversar. Dava para ver que ela era uma garota legal. Ela não estava usando aliança. Ela é casada?

Eu disse sobre o que vocês conversaram?

Ele disse a vida. Você sabe. A vida.

Eu disse é mesmo? O quê? Às vezes a gente está bem, às vezes está mal. Pense duas vezes antes de agir. Esse tipo de coisa?

Ele disse ei, o que é isso? Estou respondendo a suas perguntas, certo?

Eu disse você lhe falou sobre sua esposa e filha?

Ele disse não pintou.

Eu disse então você marcou um encontro. Para hoje à noite.

Ele disse escute: me portei como um cavalheiro.

Debs começou a falar algo sobre a companhia para a qual ele trabalha em Dallas, que haviam mandado um sujeito vir de Washington para dar um seminário de etiqueta social. Um seminário sobre como evitar processos de assédio sexual. Lembrou-me de que atualmente todo cuidado é pouco, e ele sempre se comportou como um cavalheiro.

Eu disse o que aconteceu?

Ele disse eu disse você está a fim de jantar? Aqui no hotel?

Ela disse eu gostaria, mas esta noite é um problema. Vamos deixar para a próxima vez que você estiver na cidade.

Eu disse como aconteceu de ela lhe dar o meu número de telefone?

Ele disse *seu* número de telefone?

Eu disse isso mesmo. Nós nos falamos ontem.

Ele disse era você? Ei. Imagine só. Ela disse que não era o número *dela*. Disse que era o número de uma amiga. Disse que se eu a chamasse em casa poderia haver um problema com o sujeito com quem ela morava.

Eu disse está bem, bonitão. Não foi assim que aconteceu. Eis como aconteceu. Você a estava incomodando. Espere! Você a estava incomodando, no balcão, no foyer, sei lá onde. Talvez você tenha ido atrás dela na rua. Ela lhe deu o número para tirá-lo da cola dela. Você estava...

Ele disse não foi o que aconteceu. Juro. Tudo bem, fui com ela até o ponto de táxi. E ela escreveu o número para mim. Olhe. Olhe!

Do bolso de dentro, Debs tirou sua carteira. Com seus dedos grandes, folheou com dificuldade alguns cartões de visita soltos: aqui. Apresentou-o para mim. Meu número acompanhado da assinatura firme de Jennifer. Seguida de dois xis, cruzes — para beijos.

Eu disse você a beijou, Arn?

Ele disse é, beijei.

E ele fez uma pausa. Pouco a pouco Debs começou a compreender que o momento havia virado para o seu lado. Ele estava agora se sentindo bem novamente. Devido ao aumento da adrenalina e o Dewar duplo que há muito ele despejara para dentro, como se contra o tempo.

"É, beijei. Agora tem uma lei contra isso?"

"Com a língua, Arn?"

Ele apontou um dedo na minha direção. "Me comportei com a máxima lisura. Ei, o cavalheirismo não morreu! Do que ela morreu, afinal?"

Bem, isso é verdade. *Ela* está morta. Mas o cavalheirismo não. "Acidente. Com uma arma de fogo."

"Que desgraça! Toda aquela beleza. E aquele corpo, sabe?"

"Tudo bem. Obrigada, senhor Debs."

"É só?"

"É. Só isso."

Ele se inclinou, chegando mais perto. Seu hálito, além da bebida, estava muito azedado por hormônios masculinos. Ele disse,

"Nós nos falamos ontem à noite ao telefone, pensei que você era um cara. Não um carinha. Alguém do meu tamanho. As pessoas cometem enganos. Certo? Tive certeza mesmo de que você era uma mulher quando você me mostrou seu distintivo. Deixe eu dar outra olhada. Para sua informação, tenho uma garrafa de Krug num balde de gelo no meu quarto. Talvez a noite ainda não esteja de todo perdida. Ei, qual é a pressa? Você está de serviço? Vamos lá! Fique por aqui e vamos beber de verdade".

Nos velhos tempos, às vezes eu bebia para ficar com aversão clínica. Costumava tomar as pílulas que dão ataque epiléptico quando se mistura com álcool. E eu misturava com álcool. Parecia valer a pena. Que nada! As convulsões só duram alguns dias. Depois, a gente não tem mais problema.

Hoje eu já não poderia fazer isso. Misturem-me com álcool, e o resultado será colapso hepático fulminante. Eu não podia beber para passar por *aquela* merda. Porque não estaria mais aqui.

Não é muito tarde. Vou mudar meu nome. Para algo feminino. Tipo detetive Jennifer Hoolihan.

Uma menina ter nome de menino, e mantê-lo — isso não é tão raro. Já encontrei uma Dave e uma Paul que nunca tentaram embelezar as coisas com Davina ou Pauline. Já encontrei até outra Mike. E ficamos com o nome. Mas quantos marmanjos conheço que ainda se chamam Priscilla?

Aqui está uma coisa que sempre tenho me perguntado: por que meu pai me chamou de Mike se ele ia foder comigo? Será que ele era uma bicha, também, para completar? E aqui está algo ainda mais misterioso: nunca deixei de amar meu pai. Nunca deixei de amar meu pai. Sempre que penso nele, antes de poder fazer qualquer coisa a respeito, sinto um grande amor inundando meu coração.

E aí vem o trem noturno. Primeiro, o som de facas sendo afiadas. Depois, o seu grito, áspero mas sinfônico, como um acorde de buzinas de carro.

SÓ FURO

O plantonista nos encaminha para uma enorme residência estilo Tudor em Stanton Hill. Dois pais chorosos, amparados por um pequeno elenco de criados chorosos, acompanham a gente por uma escadaria. Com o parceiro ao lado (Silvera, neste caso), você entra num quarto atulhado de equipamentos de som estereofônico e de computador, com CDs e PCs, cartazes de beldades e estrelas do rock em todas as paredes, e, na cama, o cadáver do coitado de um garoto com um débil olhar de soslaio e um brinco. As calças dele estão abaixadas em volta de seus quedes. Ele está deitado numa piscina de revistas de mergulho e vasodilatadores. Uma fita de vídeo adulto, de locadora, está no videocassete e, ao lado do travesseiro, um controle remoto empoado para revelar digitais. E há um saco de polietileno semipuxado para fora de seu rosto. Então, você passa uma hora com aquela gente, diz aquilo que você pode, enquanto a equipe da perícia entra e sai. E assim que voltam para a viatura sem identificação policial, vocês dois sacodem os ombros de policiais e um de vocês começará:

Bem, pelo menos ele morreu por uma boa causa.

Certo. Não desistiu na primeira dificuldade. E sabe o que mais?

O quê?

Ele estava fazendo isso por todos nós.

Lá em cima, ele nem pensou em si mesmo.

Ele estava ampliando os limites para todos nós.

Pondo a vida dele em risco por todos nós.

Amor maior nenhum homem tem.

Do que ele, que.

Sacrifica sua vida.

Por uma punheta melhor.

Bem colocado. Por uma punheta melhor.

Com a televisão, você espera que tudo atenda as expectativas. As coisas devem atender as expectativas. O castigo responderá ao crime. O crime se encaixará no perfil psicológico do malfeitor. O álibi se desintegrará. A arma soltará fumaça. A mulher velada subitamente aparecerá no Palácio da Justiça.

Motivo, motivo. "Motivo": aquilo que move, aquilo que impele. Mas com homicídio, hoje, não nos preocupamos com motivo. Jamais refletimos a respeito. Não nos preocupamos sobre o porquê. Dizemos: foda-se o porquê. O motivo poderia merecer consideração, poderia ter sido bastante confiável, poderia ter estado em boa forma meio século atrás. Mas, agora, a porra toda está no ar. Com a televisão.

Vou dizer para vocês quem quer um porquê. Os *jurados* querem um porquê. Querem reprises de *Perry Mason* e *The Defenders*. Querem *Car Fifty-Four, Where Are You?*.

Querem comerciais a cada dez minutos ou o fato nunca aconteceu.

Aquilo é homicídio. Este caso é suicídio. E todos nós queremos um porquê para o suicídio.

E o que está parecendo?

Amanhã à noite estarei com Trader Faulkner, e pode surgir então algo novo, algo mais. Mas, caso contrário, está quase encerrado. Está resolvido. Não está? Investiguei todos os nomes na agenda de endereços de Jennifer. Repassei todas as gravações na secretária e os extratos das contas de cartões de crédito. E há apenas um furo: nenhum sucesso quanto ao lítio. Tony Silvera recorreu ao Adrian Drago da Narcóticos, e eles deram uma prensa nos informantes. Mas não estamos falando de uma droga de rua. E não ganho nada com a detenção do traficante.

Mas... ei! Jennifer Rockwell era uma clivagem vestida em jaleco de laboratório. Mas ela não era Mary Poppins. Um pião em rotação parece imóvel e estável até que a força começa a debilitar. Um tremor e ele reduz e derrapa. Vacila, rodopia e chocalha. Depois pára.

As respostas estão vindo juntas, não estão? Temos sexo, drogas e rock-and-roll. Mais do que normalmente se consegue. Temos muito. Praticamente TV.

Então, por que não aceito?

Continuo pensando no seu corpo. Continuo pensando no corpo de Jennifer e na confiança que ela depositava nele. Basta vê-la de maiô para se ter uma idéia... Um dia de verão, cinco ou seis anos atrás, para comemorar seu aniversário, os Rockwell alugaram toda a área da piscina de cobertura do Trum, e quando Jennifer saiu do vestiário e caminhou em nossa direção com seu maiô branco, os corações de todos nós erraram uma pulsação, e Silvera disse: "Hum. Nada mal". Vovó Rebka juntou as mãos e resmungou: *"Zugts afen mir!"*. Isso deveria ser dito de mim. Todos deveríamos ter tal sorte. Bastava vê-la para imediatamente aderir à idéia de que a base da atração é *genética*. Quem ganhasse Jennifer veria seus genes vindo à tona de limusine. O corpo dela era uma espécie de embaraço, um embaraço emocionante, para todo mundo (mesmo Trader baixava a cabeça). Mas não era embaraço para ela. A confiança com que ela o envergava era patente, auto-suficiente — acho que a palavra que procuro é "consumada". Ela nunca precisava pensar nele. E quando se considera o quanto a gente pensa em nossos corpos, e o tipo de pensamento que temos... É, absolutamente certo! Todos deveríamos ter tal sorte.

Algo mais foi dito naquele dia, ao redor da piscina da cobertura do Trum. As duas avós, Rebka e Rhiannon, que morreram com um mês de intervalo no ano seguinte, eram uma excelente peça em dois atos. Aos dez anos de idade, Rebka havia "limpado" as ruas de Viena com o barrete de seu pai. E ela era um anjo de luz. Por outro lado, Rhiannon, nascida em berço de ouro, era dura, sarcástica e má. E galesa. Se você achasse que *Schadenfreude* era um termo alemão, cinco minutos com Rhiannon fariam você pensar duas vezes. E a conversa dela ainda mantinha aquele sotaque. Ela conseguia até me chocar. Em uma longa vida de constante facilidade, vovó Rhiannon tinha um único motivo real de queixa. Todos os filhos cresceram e prosperaram. Mas ela tivera quinze.

Ao lado da piscina, naquele dia, ela dissera:

"Sou como um cavalo na arena de touros. Carrego sacos de serragem."

E eu disse: "Isso é uma coisa galesa? Eu achava que fosse uma coisa irlandesa, ter uma batelada de filhos".

"Não, na verdade não. Foi ele. Billy. Era ele quem queria. Eu só queria dois. Mesmo depois do Alan, o caçula, ele insistia comigo para ter mais."

"Mais?"

"Dia e noite. Só mais um. Eu dizia, 'Ora, Billy. Dá um descanso. Sou sofuro do jeito que está'."

"Você é o quê?"

Ela pronunciou a palavra da mesma forma. Sofuro. Só furo.

É o que às vezes acho que esse caso é.

Só furo.

MUDANDO TODAS AS PREMISSAS

Esta noite é o meu encontro com Trader.

Uma coisa que faço, antes de ir até lá, é ler a transcrição do interrogatório que realizei na central. Meu esforço, lá na salinha de interrogatório, foi mal encaminhado. Mas estou impressionada com a tenacidade. Agora ouço o seguinte:

Tenho uma testemunha que viu você fora da casa às sete e trinta e cinco. Parecendo aflito. "Furioso." Enfezado. Soa familiar, Trader?

Sim. A hora. E o humor.

Eu deixara passar aquilo na hora, e agora alerto a mim mesma para retomá-lo hoje à noite. Por que aflito?

Outra coisa que faço, antes de sair, é passar quase uma hora no banheiro com a máscara facial. E com o pó compacto e o delineador de lábio. E com as pinças, pelo amor de Deus! Além disso, havia lavado meu cabelo na noite anterior, que começara bem cedo. Imagino que uma pessoa às vezes faça isso, por nenhum motivo real, exceto por ela mesma, para sentir-se o máximo perto do homem de quem ela gosta. Outra explicação talvez seja a de que estou encantada com Trader. E daí? O que tem isso? Não quer dizer nada. Apenas isto: se ele quiser conforto, eu lhe darei. A caminho da porta, Tobe me olhou de modo esquisito. Tobe é legal. Ele é um gigante gentil. Comparado a um violento. Comparado a Deniss, Shawn, Jon, Duwain.

Faz muito tempo que aprendi que não posso pegar os mocinhos.

Sou um dos mocinhos, e vou lá fora e pego os bandidos. Posso pegar os bandidos.

Mas não posso pegar os mocinhos.

Simplesmente não posso pegar os mocinhos.

Foi uma noite comprida e passou em golfadas.

Trader voltou a morar no apartamento. Minha cena do crime foi destruída: redecorada. A cadeira no quarto — a mesma cadeira? — permanece envolta em um lençol branco. A escadinha ainda continua no canto. Trader diz que ainda não dormiu lá no quarto. Acaba dormindo no sofá. Vendo televisão.

"Ei! Uma televisão. Finalmente, você caiu na vida", disse eu. Estava ficando difícil encontrar palavras inocentes. "Como é estar aqui?"

"É melhor estar aqui que não estar."

Porém, em termos gerais, essa não era uma opinião de que Jennifer Rockwell teria compartilhado.

Fiquei em pé na cozinha enquanto ele me servia um refrigerante. Gelo e limão. O corpo de Trader sempre andava em câmera lenta. Também nessa noite, o seu rosto parecia portar a sombra da circunspecção. Não fosse pela matemática e tudo o mais, quase se poderia tomá-lo por um desses idiotas com cara de quem fez sexo à tarde — um desses sujeitos com cara boa sem motivo nenhum. Exceto para espalhar um pouco mais de pesar. Mas logo o brilho da inteligência voltava à suavidade castanha de seus olhos. Tentei lembrar-me se ele sempre tivera esse cenho, esse ar sombrio. Ou será que o adquirira um mês atrás, no quatro de março? A data de nascimento de tanta estupefação. Ele andava bebendo. Bebia toda noite, indefectivelmente. Jack Daniels. Com gelo.

Erguendo seu copo, virou-se para mim e disse: "Então, Mike?".

Mas em momento nenhum ele se virou para mim e disse: *O que você conseguiu? O que você descobriu?* Eu queria saber o que ele sabia. Ele não queria saber o que eu sabia.

Às vezes, nossa conversa era muito — como direi? — sistemática:

E quanto a filhos, Trader? Acho que ainda estou procurando um precipitante com a forma e o tamanho corretos. Será que ela poderia ter sentido ansiedade a respeito?

Não havia nenhuma pressão sobre ela. Eu estava muito a fim, mas nunca forcei a barra. Se ela não quisesse nenhum, ótimo. Se quisesse dez, ótimo também. É como aborto. É a vocação da mulher.

É um posicionamento estranho: o que ela achava do aborto?

Era quase o único tema programático pelo qual ela estava interessada. Libertária, mas com grandes escrúpulos. Eu também. É por isso que me faço de bobo no assunto e o transfiro para as mulheres.

Às vezes, não tão sistemática. Às vezes, nossa conversa tendia para o não tão sistemático:

"Dê uma olhada nisto."

Ele estava na poltrona, sua cadeira de leitura, perto de uma mesa redonda na qual havia livros empilhados — além de luminária, copo, fotos emolduradas. Estava apanhando uma brochura amassada, e dizia:

"Encontrei na estante, com a lombada virada para a parede. Não posso acreditar que ela tenha mesmo lido."

"Por que diz isso?"

"Está tão mal escrito."

Uma publicação de segunda, intitulada *Compreendendo o suicídio*. O autor era algum médico com duas iniciais no meio do nome. Folheei o livro. Não era nenhum manual de tipo "como fazer", tão em voga ultimamente. Era escrito mais pelo lado do aconselhamento — fornecia centro para atendimento a crises, telefone de ajuda, mandava conversar sobre o problema.

"Ela fez anotações", falei.

"É. Hábito. Ela sempre lia com um lápis na mão. Não sei quando ela comprou esse livro. Pode ter sido em qualquer momento nos últimos dez anos."

"Ela assinou."

"Mas não pôs data. E a assinatura — a letra dela se estabilizou bem cedo. Por que você não detona isso, Mike? Com seu arsenal forense. O teste de boro-ativação. Não era isso?"

Recostei-me na cadeira. Não conseguia nem sombra de seu humor. Disse: "Isso era o coronel Tom, Trader. O sujeito estava quase perdendo o juízo. Eu precisava fazer aquilo para o Tom".

"Ei, tenho uma para você. Foi o Tom."

"Foi o Tom o quê?"

"Que matou Jennifer. Que assassinou Jennifer."

"Como disse?"

"Ele é o cara menos provável. Então, tem de ser ele. Ora, nós podemos forjar uma merda dessas. Você só precisa de um pouco de irresponsabilidade. É como redecorar o quarto — há cem jeitos de redecorar. Miriam fez isso. Bax Denziger fez isso. *Você* fez isso. Mas vamos ficar com o Tom. Tom fez isso. Ele espera eu sair. Depois, entra de mansinho e faz."

"Certo. Então, por que ele não deixa isso quieto? Por que me põe pra trabalhar nisso? O que estou fazendo sentada aqui esta noite?"

"Isso é uma cortina. É só para desviar a atenção. Dessa forma, a verdade nunca ocorreria a uma pessoa sensata."

"Motivo?"

"Fácil. Já tenho. Jennifer lembrou-se de um segredo terrível de seu passado. Uma memória que tentou suprimir. Com drogas."

"Com drogas?"

"Quando ela era apenas uma garotinha, perguntou para o pai... por que ele entrava no quarto dela. Por que a obrigava a fazer aquelas coisas horríveis. Por que ele... Ah, não! Ah! Sinto muito, Mike."

"Tudo bem. Mas vamos parar por aqui. Jennifer fez isso."

"Jennifer fez isso. Está vendo? Por que todo mundo simplesmente não mantém a boca fechada? Por que todo mundo... simplesmente não cala a maldita boca?"

Depois, uma revelação:

Você falou com o professor Denziger?

É, falei com Bax.

Ele lhe contou o que...

Sim, contou. Ele se torturou bastante com aquilo. Achei que, de certo modo, foi um tanto típico dela. Não a incompetência. Isso não era típico. Mas o jeito que ela fez a coisa. Alterar os valores. Alterar todas as premissas.

Por que isso?

Como se você lhe perguntasse, sei lá, quem vai ganhar a eleição em novembro, ela sentia dificuldade em se interessar. Por causa das premissas. Os parâmetros. Não só os candidatos — a coisa toda. Para ela, fazia muito tempo que o fio da meada estava perdido.

Denziger lhe contou que o que ela fez pareceu premeditado?

Acho que a única maneira de você realmente se enganar ali é quando você tem de afiar um machado. Como quando Sandage começou a espantar todo mundo com suas descobertas dos quasares. Suas descobertas estavam viesadas pelas anãs marrons, às quais os quasares podem assemelhar-se. É como no tênis: você deseja tanto que a bola seja boa que de fato a *vê* como boa quando ela não o é. Jennifer não veria nada que não estivesse lá. Acho que era apenas parte do padrão.

Você disse que ela não era do tipo padrão.

Mas é isso que a enfermidade mental faz — amarra você num padrão. Uma tecla muito batida. Tem outra coisa ainda que ela fazia. Ela começou a *comprar* coisas.

O quê? Não me diga. Carros? Pianos?

Não, pinturas. Aliás, muito lixo. Ela não era particularmente visual, e eu também não. Mas para mim elas parecem arte de aeroporto. Continuo a devolver encomendas. As galerias não desistem. É um suicídio. Já viram isso antes.

Ela usou cheques pré-datados.

...Isso mesmo. Cheques pré-datados. Houve duas entregas na sexta-feira. Os cheques estavam datados de primeiro de abril.

Primeiro de abril!

Primeiro de abril!

Depois, outra revelação:

Ele só filou um cigarro meu: o seu primeiro da noite. Eu estava a meio caminho de meu segundo maço. Falei:

"Isso pode ser uma surpresa para você, mas não penso assim. Por causa da autópsia. A toxicologia? Tenho a impressão de que o Tom lhe falou sobre o assunto."

"Miriam me contou. Ela me conta tudo, no final. O lítio? Fingi ignorar. Mas já sabia."

"Você sabia que Jennifer estava tomando lítio?"

"Não, enquanto ela estava viva, não." Deu um suspiro e disse: "Mike, me diz uma coisa. Aquele livro... *Compreendendo o suicídio* não compreende o suicídio, nem coisa nenhuma. Mas é ainda muito mais vago sobre bilhetes de suicidas. Quantos suicidas deixam bilhetes?".

É uma estatística muito escorregadia, e eu lhe disse isso.

"E qual a importância disso? O que significa?"

Em si, nada, disse eu. Depende da pessoa, depende do bilhete. Alguns apresentam consolo. Outros, acusações.

"Ela deixou um bilhete. Ela deixou um bilhete. Ela me enviou um bilhete pelo correio. Voltei para o escritório uma semana depois e estava lá no meu escaninho. Aqui está, sirva-se. Agora vou fazer o que ela fez no sábado pela manhã, quando o postou. Vou dar uma volta no quarteirão."

Esperei até ouvir a porta. Abaixei-me para o gravador. Tentei elevar minha voz acima de um sussurro — e não consegui. Tive de usar o controle de volume do aparelho, já que o meu simplesmente não estava funcionando.

"Meu querido", sussurrei. "Agora você está de volta ao trabalho e isso me consola. Isso e o fato de que você é o amante mais adorável do planeta e acabará tendo de me perdoar pelo que fiz.

"Você me conheceu dez vezes melhor do que ninguém, mas eu não era exatamente o que você achava que fosse. Faz quase um ano que comecei a ter a sensação de estar perdendo o controle dos meus pensamentos. Essa é a única forma que encontro de dizer isso. Meus pensamentos passaram a entrar naquela coisa deles de pensar, fazendo o que eles tinham de fazer, enquanto eu era apenas uma espectadora inocente. Não ousei recorrer a Tulkinghorn, porque não podia esperar que ele não fosse correndo falar com papai. Achei que eu mesma podia dar um jeito — o que pode ter sido parte dos dados internos viciados. Me informei muito sobre a coisa. E quando você pensava que eu estava no Brogan nas segundas-feiras, eu estava na Rainbow Plaza, onde todo o pessoal do GCG vai passar o horário de almoço no gramado. Você nunca faturou um papelote tão fácil. Desde maio passado, comecei a tomar doses variadas de um antidepressivo. Serzone, depecote, tegretol — parecem atitudes morais. Eles esvaziam a cabeça da gente. Mas deixaram de ajudar.

"Estou assustada. Não paro de pensar que vou fazer algo que ninguém jamais fez — algo completamente inumano. É isso que estou fazendo agora? Querido, estou ficando com você até amanhã à noite. Você foi perfeito para mim. E lembre-se que você não poderia ter feito *nada ter sido diferente*.

"Ajude a mamãe. Ajude o papai. Ajude o papai. Sinto muito sinto muito sinto muito sinto muito sinto muito sinto muito sinto muito sinto muito sinto muito sinto muito..."

E continuava, por toda a página até o fim do papel: sinto muito.

Algum tempo depois, eu estava novamente na cozinha, novamente bebendo refrigerante. Novamente observando o cara andando por ali. Não só o ar frio havia ativado o sangue em suas bochechas. Seus movimentos agora eram mais aguçados e ruidosos, mais metálicos. E a respiração soava bruta. Troquei a fita. Fumei. Alimentando a coisa dentro de mim. A coisa dentro de mim — ela não estava nem um pouco mais tranqüila. Também estava mais aguçada, mais ruidosa — mais fria, mais raivosa.

Por sobre o ombro, ele disse: "Mike, você não tem sintomas quando está cuidando dessa merda? Sintomas físicos?".

"É, dá pra ter", eu disse.

"Seu rosto não fica inchado e você não perde cabelo?"

"Pode acontecer, sim. De repente você vira Kojak."

"Mike, você acreditará quando eu disser... Minha fé em minhas faculdades de observação já conheceram... já conheceu dias melhores. Vivi durante um ano com uma suicida com as emoções drogadas e não percebi. Talvez eu nem tivesse notado que estava vivendo com o Kojak. Mas teria notado que estava transando com ele, não teria? Me diga que estou certo."

"Algumas pessoas não adquirem nenhum sintoma físico. Nenhuma visão dupla. Nem mesmo o hálito. Jennifer. Jennifer tinha muita sorte com o corpo dela."

"Que *pena* foi isso! Que *pena* foi isso!"

O brilho dela está abandonando esses cômodos. O desejo de ordem de Jennifer está deixando esses cômodos. A lenta entropia masculina está começando — mas, por enquanto, nada mais mudou. O baú azul de Jennifer ainda ocupa seu lugar sob a janela. Seu birô continua aberto em sua função *ante mortem*. A tigela porta-trecos continua envelhecendo entre a luminária e a fotografia emoldurada sobre a mesa diante da qual estamos sentados.

"Meu Deus", disse eu, sorrindo, "o que ela havia tomado? Cogumelos mágicos?"

Trader se inclinou para a frente. "Jennifer?"

Graduação: Na foto, as três garotas estão em pé — não, curvadas — com suas togas e chapéus chatos. Jennifer está rindo com a boca aberta quase o máximo possível para uma boca. Seus olhos são rugas úmidas. As duas amigas não parecem estar em muito melhor forma. Mas há a quarta garota na foto, flagrada no canto do quadro, e ela parece imune a esse riso — imune, talvez, a todo riso.

"Não", disse ele. "Jennifer? Não. Veja, é a partir daí que não entendo mais nada."

Ele fez uma pausa — e em seguida a carranca, ou a sombra, estava de volta.

"O quê?", eu disse. "O que você não entende?"

"Ela *odiava* tudo o que alterasse o humor — para ela mesma. Quer dizer, ela fazia na faculdade as mesmas bobagens que todo mundo faz. Mas, depois, ela saiu e pronto. Você conhece Jennifer. Uma taça de vinho, mas nunca duas. Ela era obcecada por isso. Durante todo o primeiro ano em que a conheci, ela morava com essa doida que era..."

"Phyllida", disse eu. E vi aquela sombra novamente.

"Phyllida. Ela estava tomando zinco, manganês, aço e cromo. E Jennifer disse: 'Ela está comendo um tanque de guerra por dia. O que você espera? Ela não é *ninguém* agora'. Quer dizer, tem algumas noites em que gosto de beber e fumar uma ervinha, e Jennifer nunca viu problema nisso. Mas, para ela? Nada de pílulas para dormir, nada. Mesmo uma aspirina era só como último recurso."

"Ela continuou a ver essa Phyllida?"

"Não, graças a Deus. Algumas cartas. Ela foi devolvida para a madrasta. E se mudaram para o Canadá. Isso *foi* o que ventilou."

Depois de uma pausa, falei: "Você se incomoda se eu lhe fizer uma pergunta pessoal?".

"Ora, Mike. Não seja ridícula."

Como era a vida sexual de vocês?

Boa, obrigado.

Refiro-me ao último ano. Você não sentia que estava esfriando um pouco?

Talvez. Pode ter esfriado um pouco, acho.

Porque isso quase sempre é um sinal. Então, com que freqüência vocês estavam fazendo amor?

Ah, não sei. Imagino que no último ano havia se reduzido a uma ou duas vezes por dia.

Por dia? Você não quer dizer uma ou duas vezes por semana?

Uma ou duas por dia. Mas, no fim de semana, era mais.

E quem começava?

Hã?

Era sempre idéia sua? Escute. Você pode me xingar e tudo o mais, mas algumas mulheres, quando são bonitas *daquele* jeito, é igual mel saindo da geladeira. Não derrama. Como é que ela era na cama?

...Adorável. Relaxada. Estou me sentindo bem em lhe contar isso. É engraçado. Aquela carta que você viu deve ser a única que ela me enviou que é parcialmente publicável. Ela costumava dizer: "Você acha que alguém iria *acreditar* se disséssemos quanto tempo nós passamos fazendo isso? Dois adultos racionais?". Quando saímos de férias para o sul, na volta, todo mundo perguntou por que não havíamos nos bronzeado.

Então, o sexo era uma parte importante.

Não vinha em partes.

...Você nunca sentia nenhuma inquietude nela? Quer dizer, ela se enroscou bem rápido com você. Você não acha que ela poderia ter sentido que estava perdendo alguma coisa?

Ora, não sei de porra nenhuma. Mike, escute o que posso lhe contar. Vou dizer como era conosco. Nunca desejávamos realmente estar com outras pessoas. Era meio preocupante. Tínhamos amigos, tínhamos irmãos, encontrávamos bastante o Tom e a Miriam, íamos a festas e tínhamos nossa turma. Mas nunca gostamos disso tanto quanto gostávamos de estar um com o outro. Passávamos o tempo todo conversando e rindo, transando e trabalhando. Nossa idéia de curtir a noite era dentro de casa. Você quer me dizer que não é isso o que as pessoas querem? Continuamos esperando que aquilo acalmasse, mas nunca acalmava. Eu não era dono dela. Não estava cem por cento seguro quanto a ela — porque no momento em que a gente fica, o melhor já acabou. Sabia que havia uma parte dela que eu não conseguia ver. Uma parte que ela guardava para si. Mas era uma parte de seu intelecto. Não era nenhuma porra de *humor*. E acho que ela sentia o mesmo a meu respeito. Sentíamos o mesmo um pelo outro. Não é o que todos estamos fadados a querer?

Fiquei de saída durante muito tempo. Já estava com minha bolsa no colo quando disse:

"A carta. Você estava com ela na carteira quando o arrastei para a central?". Ele fez que sim com a cabeça. Eu disse: "Isso poderia ter eliminado parte da lenha de minha fogueira".

"Mike, você não tinha nenhuma lenha em sua fogueira. Só achava que tinha."

"Eu tinha o coronel Tom, isso é o que eu tinha. Poderia ter dado um adianto."

"É, mas eu não queria adiantar as coisas. Queria retardá-las."

"Quatro de março. Você disse que ela parecia alegre. O dia inteiro. 'Alegre, como sempre.'"

"Isso mesmo. Ah, mas veja: Jennifer achava que era um dever moral estar alegre. Não só parecer alegre. Ser alegre."

"E você, meu caro? Você disse, quando já estava saindo, que se sentia 'aflito'. Por que 'aflito'?"

Seu rosto era um vazio. Entretanto, um ar de divertida humilhação o perpassou. Ele fechou os olhos e inclinou a cabeça sobre a mão.

"Outra hora." E ele se levantou, dizendo: "Vamos deixar 'aflito' para outra hora".

Estávamos no corredor e ele estava me ajudando a vestir minha jaqueta. E me tocou. Ergueu meu cabelo que estava por baixo da gola e me alisou a nuca com a mão. Fiquei confusa. Virei-me e disse:

"Quando as pessoas fazem isso... Quando as pessoas fazem o que ela fez, há uma coisa que torna isso diferente. Elas terminam, vão embora. Para elas, acabou. Mas é como se passassem a bola pra gente."

Ele me examinou atentamente durante um segundo. E disse: "Não, não achei que foi assim".

"Você está bem, querido?"

Dei-lhe meu olhar mais suave. Mas acho que estava assombrada. Será que eu poderia dizer honestamente que Jennifer era uma passagem que eu poderia até afastar de sua mente, para não dizer imitar? E se nós mesmos não nos percebemos, em momentos assim, então ninguém mais vai nos perceber. E talvez meu olhar não fosse tão suave. Talvez, atualmente, meu olhar mais suave não seja exatamente tão suave assim.

"Sim. Você está bem, Mike? Este lugar", disse ele, lançando um olhar vago ao redor. "Percebo... Você alguma vez já viveu com alguém fisicamente lindo? Fisicamente."

"Não", disse eu, sem necessidade de pensar. Sem ter de pensar em Deniss, em Duwain, em Shawn, em Jon.

"Percebo agora o luxo incrível que era isso. Este lugar... acho que este lugar ainda é bem agradável. Mas agora me parece um fracasso. Como um entulho. Água fria. Prédio sem elevador."

Tudo o que eu trouxe para casa, então, foi *Compreendendo o suicídio*.

E em suas páginas, contra toda expectativa (como disse Trader, é pessimamente escrito, além de presunçoso, carola e terrivelmente antiquado), eu encontraria o que precisava saber.

O caminho estava frio, o caminho estava no zero absoluto. Não admira que eu tiritasse — do jeito que fazemos quando finalmente começamos a nos aquecer.

AGORA NÃO HÁ NADA

Cheguei ao apartamento por volta da meia-noite.

No quarto observei Tobe pelo tempo mais longo que consegui. O que *ele* tem de passar com seu corpo. É só o que ele pode fazer, sentar-se ali numa noite de verão, assistindo a um programa de perguntas e respostas, com uma lata de cerveja gelada na mão. Até mesmo no sono ele sofre. Como uma montanha está sempre em dor. Os discos deslizantes de suas camadas tectônicas. A cartilagem presa entre a crosta e a manta.

Quando parei de investigar assassinatos e não tinha nada diante de mim o dia todo, além do trabalho lento de manter-me sóbria, costumava ficar acordada até o trem noturno passar — fosse quando fosse. E depois, o sono pesado. Até que o trem

noturno passava. Provocando pânico nas cerâmicas. Estreme-
cendo o solo sob meus pés.

E é isso que pretendo fazer agora. Até a hora que for.

Minha Mike Hoolihan vai chegar e esclarecer isso tudo.
De fato, cheguei. E esclareci a matança no 99.

Era um assassinato totalmente abominável — quer dizer,
um prato cheio —, mas era o tipo de caso com que os policiais
da Homicídios tinham sonhos sexuais: basicamente, uma porcaria cheia de babados e digna da imprensa. Basicamente, uma
cagada, politicamente urgente e monopolizadora de manche-
tes. Rapidamente resolvida pela concentração e o instinto.

O corpo de um bebê de quinze meses fora encontrado em
uma geladeira de piquenique num equipamento de recreação
pública no 99, no sentido de Oxville. Uma investigação nas vizi-
nhanças levara os detetives até um conjunto de casas geminа-
das na quadra 1200 da McLellan. No momento em que cheguei,
uma multidão de umas mil pessoas já se amontoava atrás dos
cordões de isolamento na rua, havia uma barreira de cami-
nhões da mídia e, em órbita no ar, um Vietnã de helicópteros
das redes de televisão.

Lá dentro, cinco detetives, dois supervisores de esquadra
e o Departamento de Comunicações tentavam descobrir como
levar este espetáculo para a central sem o tumulto do horário
nobre. Enquanto isso, interrogavam uma mulher de vinte e oito
anos, LaDonna, e seu namorado, DeLeon. Uma década atrás,
um mês atrás, se eu fosse relatar isso, diria que ela era relações-
públicas e ele um panaca. O que é verdade. Mas basta dizer que
eram pessoas de cor. Presentes também, sentadas nas cadeiras
da cozinha e balançando os pés calçados em meias brancas,
duas garotinhas caladas, de treze e catorze anos, Sophie e Nancy — as irmãs do garotinho de LaDonna. LaDonna também afir-
mava que ele era seu bebê e seu Iglu.

É uma espécie de enredo comum de Oxville: a família está
desfrutando de um piquenique (é janeiro), a criança vagueia
por ali (usando apenas uma fralda), eles começam a procurá-la

(no campo aberto), e não conseguem encontrá-la (e vão para casa). Esquecendo-se do Iglu. De acordo com LaDonna, a explicação está na cara. A criança acabou voltando, subiu e entrou na geladeira de piquenique, baixou a tampa (fazendo engatar-se o fecho externo) e se sufocou. No entanto, a constatação inicial da perícia, a ser logo confirmada pela autópsia, é que a criança morrera estrangulada. Segundo DeLeon, as coisas são um pouco mais complicadas. Quando estavam deixando o equipamento recreativo, tendo abandonado a busca, viram uma gangue de *skinheads* brancos — conhecidos nazistas e traficantes de drogas — saltar de um caminhão e partir para aquela parte do campo onde a criança fora vista pela última vez.

Estamos todos ali sentados e ouvindo aqueles dois cirurgiões de cérebro, mas estou observando as meninas. Estou observando Sophie e Nancy. E a coisa toda se fez transparente. Bastou apenas o seguinte: do quarto contíguo veio o som de um choro de bebê. Um bebê despertando, sujo ou faminto ou solitário. LaDonna continuou falando — ela não saltava uma pulsação sequer — mas, por um segundo, Sophie elevou-se uma polegada de seu assento e o rosto de Nancy subitamente se inflou de ódio. Imediatamente entendi:

LaDonna não era a mãe do menino assassinado. Era a avó dele.

Sophie e Nancy não eram as irmãs do bebê de LaDonna. Eram as filhas dela.

Sophie era a mãe do bebê que acordara no quarto. Nancy era a mãe do bebê no Iglu.

Sophie era a assassina.

Estava solucionado. Descobrimos até um motivo: mais cedo, no mesmo dia, Nancy havia pegado a última fralda de Sophie.

Entrei no noticiário das seis daquela tarde, em rede nacional.

"Este assassinato não foi racial", garanti a cento e cinqüenta milhões de espectadores. "Este assassinato não ocorreu por motivo de drogas." Podem ficar tranqüilos. "Este assassinato ocorreu por uma fralda."

Há três coisas que não contei a Trader Faulkner.

Não contei a Trader que, em minha opinião, a carta de Jennifer não era obra de uma mulher sob tensão terminal. Já vi centenas de cartas de suicidas. Elas têm coisas em comum. Expressam insegurança — e são estéreis, áridas. "Serzone, depecote, tegretol — parecem atitudes morais." Próximo ao fim da vida dos suicidas, todos os seus pensamentos são mais ou menos autodilacerantes. Sejam tranqüilas ou descontroladas, servis ou pomposas, as cartas de suicidas não buscam entreter.

Não contei a Trader que, com uma desordem afetiva ou emocional, o impulso sexual declina abruptamente. Tampouco acrescentei que, com um distúrbio psicológico ou orgânico, ele quase invariavelmente desaparece. A menos que a insanidade seja, em si mesma, sexual. O que é perceptível.

Não contei a Trader sobre Arn Debs. Não só porque não tive coragem. Mas porque nunca acreditei em Arn Debs. Não acreditei em Arn Debs por um segundo sequer.

Hora: 1h45.

Pensamentos fortuitos:

O homicídio não pode mudar — e não me refiro ao departamento. Pode evoluir. Não pode mudar. Não há parte alguma para onde o homicídio possa ir.

Mas e se o suicídio pudesse mudar?

O assassinato pode evoluir rumo à disparidade crescente — novos assassinatos *díspares*.

Disparidade ascendente:

A certa altura dos anos 50, um homem realizou uma inovação homicida. Instalou e detonou uma bomba num avião comercial: para matar sua mulher.

Um homem poderia derrubar — talvez tenha derrubado — um 747: para matar sua mulher.

O terrorista arrasa uma cidade com uma bomba-H numa maleta: para matar sua mulher.

O presidente desencadeia guerra termonuclear: para matar sua mulher.

Disparidade descendente:

Todo policial nos Estados Unidos está familiarizado com a superselvageria doméstica do Natal. No Natal, todo mundo está em casa na mesma hora. E é um desastre... Nós os chamamos de assassinatos "estrela ou fada?": as pessoas discutindo o que colocar no topo da árvore. E uma outra constante é a seguinte: facadas fatais pelo modo de destrinchar o peru.

Um assassinato por uma fralda.

Imaginem: um assassinato por um alfinete de segurança.

Um assassinato por uma molécula de leite azedo.

Mas as pessoas já assassinaram por menos do que isso. A disparidade descendente já foi examinada — sonar-ada e esquadrinhada. Pessoas já assassinaram por nada. Dão-se ao trabalho de atravessar a rua para assassinar por nada.

Depois tem o arremedo, em que o camarada está imitando a TV ou algum outro sujeito, ou imitando um outro sujeito que está imitando a TV. Acho que o arremedo é tão velho quanto Homero, mais velho, mais velho que a primeira história garatujada em merda na parede da caverna. Antecede as histórias em volta da fogueira. Antecede o fogo.

Tem arremedo no suicídio também. Ora, se tem. É o chamado Efeito Werther. Nome dado a partir de um romance melancólico, mais tarde proibido por desencadear uma série de suicídios de jovens ao longo do século XVIII na Europa. Vejo a mesma coisa aqui na rua: o panaca de um baixista que se afoga no próprio vômito (ou é torrado no próprio amplificador) — e de repente o suicídio toma conta da cidade.

Há uma ansiedade, recorrente a cada geração, de que tenha chegado um *shoah* de suicídios, para apagar os jovens. Parece que todo mundo o está cometendo. E então a ansiedade se acalma novamente. Arremedo é mais precipitante do que causa. Apenas dá forma a algo que ia acontecer de qualquer maneira.

O suicídio não mudou. Mas e se *realmente* mudasse? O homicídio já dispensou o porquê. Tem homicídio gratuito. Mas não tem...

São 2h30 da madrugada e o telefone está tocando. Imagino que para uma pessoa comum isso significaria um drama, ou até catástrofe. Mas atendi-o como se estivesse tocando à tarde.

"Pronto?"

"Mike. Você ainda está acordada? Tenho mais uma pra você."

"Sim, Trader, ainda estou acordada. Vamos tratar do 'aflito' agora?"

"Considere isso um preâmbulo para 'aflito'. Tenho uma pra você. Está pronta?"

A voz dele não estava inarticulada — estava desacelerada: em marcha lenta, a cerca de trinta e três rpms.

"Espere um segundo. Estou pronta."

Tem um carteiro viúvo que trabalhou a vida toda numa cidadezinha. Uma cidadezinha com um clima inclemente. A aposentadoria está se aproximando. Certo dia, ele fica sentado até bem tarde da noite. Escrevendo um emocionado adeus à comunidade. Coisas do tipo: "Trabalhei para vocês na neve e na chuva, sob trovões e sob a luz do sol, sob relâmpagos, sob arco-íris...". Ele imprimiu isso. E um dia antes de seu último dia, ele enfia uma cópia em cada caixa de correio de seu trajeto.

A manhã seguinte está nublada e fria. Mas a resposta à sua carta é bem calorosa. Recebe uma xícara de café aqui, uma fatia quente de torta ali. Ele declina dos modestos presentes em dinheiro que lhe são oferecidos. Ele troca apertos de mão, segue adiante. Um pouco desapontado, talvez, porque ninguém parece ter se comovido pela... pela qualidade de sua dedicação. Por sua poesia, Mike.

A última parada no seu trajeto é a casa de um advogado aposentado de Hollywood e sua esposa de dezenove anos. Ela é uma ex-atendente de chapelaria. Lindíssima. Corpo perfeito. Olhos grandes. Ele toca a campainha e ela atende. "Foi o senhor que escreveu a carta. Sobre o trovão e a luz do sol? Entre, senhor, por favor."

Na sala de jantar, há uma mesa abarrotada de comidas exóticas e vinho. Ela diz que seu marido acabou de partir para a Flórida numa viagem para jogar golfe. Será que ele gostaria de ficar para o almoço? Depois do café e dos licores, ela o conduz pela mão até o tapete branco de pele em frente à lareira acesa. Durante três horas, eles fazem amor. À luz âmbar, Mike. Ele mal pode acreditar na intensidade daquilo. Naquela força. Teria sido aquela mesma poesia que assim motivara a jovem? Teriam sido os arco-íris? Ele imagina que, no mínimo dos mínimos, ela é sua para a vida toda.

Ele se põe estupefato. Vestindo um reduzido roupão, ela o conduz à porta da frente. Em seguida, apanha sua bolsa na mesinha do corredor. Ela lhe entrega uma nota de cinco dólares.

E ele diz: "Para que é isso? Desculpe-me, não entendo".

E ela diz: "Ontem de manhã, na hora do café, li sua carta em voz alta para o meu marido? Sobre o gelo, a chuva e o raio? Eu disse, 'Que diabo devo fazer com esse sujeito?'. Ele disse, 'Foda-se, dê-lhe cinco dólares'. E o almoço foi idéia minha."

Consegui dar uma espécie de risada.

"Você não entendeu."

"Não, entendi. Ela amava você, Trader. Tenho certeza disso."

"É, mas não o bastante para ficar mais um pouco. Está bem. Vamos falar do 'aflito'. Peço desculpas antecipadamente. Não vai ajudar você em nada."

"Mesmo assim, vamos falar disso."

"Passávamos as noites de domingo separados. Por isso, sempre parecia uma boa idéia ir para a cama no final da tarde de domingo. Era o que a gente sempre fazia. E foi o que fizemos no dia quatro de março. Eu gostaria de dizer, realmente gostaria de dizer que foi diferente, naquele domingo. Tipo durante o ato de amor, ela 'se abstraiu', ou 'desapareceu'. Ou alguma coisa dessa ordem. Poderíamos elaborar algo, não? Fazê-la dizer algo tipo: 'Não me engravide'. Mas não. Foi exatamente como sempre foi. Tomei uma cerveja. Despedi-me. Então, por que estava 'aflito'?"

A essa altura sua voz soava como meu gravador, quando a bateria está prestes a pifar. Acendi um cigarro e esperei.

"Muito bem. Quando descia os degraus da escada, tropecei no cadarço do sapato. Ajoelhei-me para amarrá-lo, e ele rebentou. Também quebrei uma unha na meia. Ao sair pela porta lateral, rasguei o bolso do casaco na maçaneta. Isso é tudo. Portanto, quando saí para a rua, era natural que estivesse muito 'aflito'. Mike, eu estava suicida."

Eu quis dizer: vou até aí.

"'Foda-se, dê-lhe cinco dólares.' Achei isso muito engraçado da primeira vez. Agora, me faz dar sonoras gargalhadas."

Eu quis dizer: vou até aí.

"Oh, Deus. Simplesmente não entendo, Mike."

Aquela lista intitulada Estressantes e Precipitantes — já não resta muita coisa nela. Para me manter calmamente entretida, penso em compilar outra lista, que seria mais ou menos assim:

Astrofísica	Confisco de Bens
Trader	Tobe
Coronel Tom	Papai
Linda	

Mas qual o sentido disso? *Zugts afen mir*, certo? Deveríamos todos ter tal sorte. E mesmo que não a tenhamos, ainda estamos aqui.

Estressantes e Precipitantes. O que resta? Temos: 7. Outro *Significante Outro?* E temos: 5. *Saúde mental? Natureza do distúrbio: a) psicológico? b) ideativo/orgânico? c) metafísico?.*

Agora risco o 7. Risco Arn Debs.

Agora risco o 5 a). Após pensar um pouco, risco o 5 c). E aí minha cabeça concorda subitamente e risco o 5 b). Também esse eu elimino.

Agora não há nada.

Quando me dou conta, já passa das 3h25. Ontem foi domingo. O trem noturno deve ter passado horas atrás. Horas atrás, o trem noturno chegou e partiu.

Na noite em que Jennifer Rockwell morreu, o céu era claro e a visibilidade excelente.

Mas o visual — o visual, o visual — não estava nada bom.

Parte 3
O VISUAL

Foi onde senti primeiro: nas axilas. No dia quatro de março, Jennifer Rockwell caiu em chamas de um claro céu azul. E foi onde senti primeiro as chamas. Em minhas axilas.

Acordei tarde. E sozinha — embora não totalmente. Fazia muito tempo que Tobe havia saído. Mas tinha mais alguém que estava acabando de partir.

Na manhã depois que morreu, Jennifer esteve em meu quarto. Parada ao pé da cama até que eu abrisse meus olhos. Nessa hora, é claro que ela desapareceu. Ela voltou no dia seguinte. Mais frágil. E mais uma vez, e sempre mais frágil. Mas esta manhã ela voltou com toda a sua força original. Será por isso que os pais de crianças mortas passam metade do resto de suas vidas em quartos escuros? Estarão esperando que os fantasmas retornem com toda a sua força original?

Dessa vez, ela não estava simplesmente ali parada. Estava andando pra lá e pra cá, durante horas, andando rapidamente, curvando-se, espasmódica. Senti que o fantasma de Jennifer estava tentando vomitar.

Trader tinha razão: *Compreendendo o suicídio* não compreendia coisa nenhuma, muito menos o suicídio. Mas, mesmo assim, contou-me o que eu precisava saber. Não foi o seu autor quem me contou. Foi Jennifer.

Nas margens de seu exemplar do livro, Jennifer fizera algumas marcas — pontos de interrogação, de exclamação, e linhas verticais, algumas retas, outras sinuosas. Ela tinha marcado passagens de interesse genuíno, como poderia ter ocorrido a alguém inexperiente no assunto: tipo quanto maior a cidade, mais alto o índice. Outras passagens, apenas posso imaginar, eram questionadas por sua banalidade. Exemplos: "Muitas pessoas pesarosamente se matam por volta da hora da prova". "Quando encontrar uma pessoa deprimida, diga algo como: 'Você parece um pouco abatida' ou 'As coisas não andam bem?'." "Na perda, faça-se mais amável, não mais amarga." É, tá certo. Faça isso mesmo.

Isso foi bem depois que Trader ligou e eu ainda estava sentada, o cérebro entorpecido de ler coisas desse tipo — sobre o quanto o suicídio é uma desgraça, para todos os envolvidos. Deparei então com o seguinte trecho, marcado com um duplo ponto de interrogação pela mão de Jennifer. E senti a ignição, como alguém que risca um fósforo. Eu a senti em minhas axilas.

Como parte do padrão, praticamente todos os estudos conhecidos revelam que a pessoa suicida dará avisos e pistas sobre suas intenções suicidas.

Parte do padrão. Avisos. Pistas. Jennifer deixara *pistas*. Era filha de um polícia.

Isso realmente era importante.

A outra ponta ocorreu-me esta manhã, quando eu estava fazendo barulho nos armários da cozinha, procurando um maço de Sweet'N'Low. Vi-me encarando estupidamente as garrafas de licor barato que Tobe entorna sem parar. E, em resposta, meu fígado estremeceu, parecendo secretar alguma coisa. E pensei: Espere aí. Um corpo tem um interior e também um exterior. Até mesmo o corpo de Jennifer. Sobretudo o corpo de Jennifer. Que tanto consumiu de nosso tempo. Esse é o corpo — esse é o corpo que Miriam pariu, que o coronel Tom protegeu, que Trader Faulkner acariciou, de que Hi Tulkinghorn cuidou, que Paulie No cortou. Meu Deus, será que não conheço isso sobre os corpos? Será que não sei sobre o álcool — não sei sobre Sweet'N'Low?

Você faz algo para o corpo, e o corpo faz algo de volta.

Ao meio-dia, liguei para o escritório do Decano de Admissões da CSU. Dei o nome e o ano da graduação. Eu disse:

"Vou soletrar: T-r-o-u-n-c-e. O prenome é Phyllida. Que endereço o senhor tem?"

"Um momento, senhor."

"Olha, não sou 'senhor', certo?"

"Desculpe, madame. Um momento. Temos um endereço em Seattle. E em Vancouver."

"É mesmo?"

"O endereço de Seattle é mais recente. A senhora quer este?"

"Não. Phyllida está de volta à cidade", falei. "O sobrenome de seu tutor. Soletre, por favor."

Passei rapidamente essa informação para Silvera.

Em seguida, liguei para o cortador estatal Paulie No. Pedi-lhe que me encontrasse hoje para um drinque no final da tarde, às seis. Onde? Ora, onde. No Salão Chamariz do Pato Selvagem.

Depois, liguei para o coronel Tom. Disse que estaria pronta para conversar. Hoje à noite.

De agora em diante, pelo menos, não estarei mais fazendo perguntas. Só aquelas que esperam uma resposta certa. Não estarei mais fazendo nenhuma pergunta.

Phyllida Trounce voltou à cidade. Ou voltou para o subúrbio: Moon Park. Pessoalmente, ela não teve nenhum peso real em tudo isso. E, enquanto eu cruzava o rio de carro e saía rumo a Hillside, pude sentir em mim uma grande quebra de tolerância. Pensei: se ela não fosse tão doida poderíamos fazer isso pelo maldito telefone. Uma quebra de tolerância, ou apenas uma terrível impaciência, agora, para solucionar essa coisa? A maluca vive em outro país. Canadá. Mesmo assim, voltam para casa. E as pessoas saudáveis odeiam as pessoas malucas. Jennifer também odiava as pessoas malucas. Porque Jennifer era saudável.

Ao telefone, Phyllida tentara orientar-me e se perdera. Mas não me perdi. Moon Park foi onde nasci. Morávamos no lado mais pobre dele — Crackertown. Este. Placas de madeira adicionadas de armações de telhado em forma de A ou barracos de blocos vazados com janelas de papelão. Agora enfeitado com pedaços de entulho contemporâneo: o plástico encardido de móveis usados, os trepa-trepas, as piscininhas, e esquadrões de carros semidesmantelados e dúzias de bebês rastejando por suas entranhas. Reduzi a marcha enquanto passava pela velha casa. Nós todos mudamos, mas meu medo ainda está morando lá, no porão rasteiro...

Era mais acima na Crescent que Phyllida e sua madrasta agora moravam. As casas aqui são maiores, mais velhas, mais fantasmagóricas. Uma lembrança. Quando crianças, tínhamos de desafiar uma a outra a andar pela Crescent no Dia das Bruxas. Eu liderava. Com uma máscara de vampiro de borracha no rosto eu batia a aldrava e, minutos depois, uma mão nodosa se curvava na fresta da porta e soltava sobre o capacho uma sacola de dez centavos de prendas.

Havia chovido ali e a casa gotejava lentamente.

"Você e Jennifer, vocês dividiam um quarto na universidade?"

...Numa casa. Com duas outras garotas. Uma terceira e uma quarta garota.

"Depois você adoeceu, não é, Phyllida? Mas você agüentou até a graduação."

...Agüentei.

"Depois vocês perderam contato."

...A gente se correspondeu durante algum tempo. Não sou boa pra sair.

"Mas Jennifer veio aqui para vê-la, não veio, Phyllida? Na semana antes de ela morrer."

Estou pondo essas reticências — mas vocês precisariam mais de três pontos para ter uma medida das pausas de Phyllida. Era como um telefonema internacional dez ou quinze anos atrás, tirando o eco, com aquele atraso que faz a gente começar a repetir a pergunta exatamente quando a resposta finalmente está chegando... A essa altura, eu encolhia os ombros como um polícia e pensava: sei exatamente por que Jennifer se matou. Ela botou os pés nesta maldita espelunca: eis o porquê.

"Foi", disse Phyllida. "Na quinta-feira antes de ela morrer."

A sala estava abafada de pó, mas fria. Phyllida estava sentada em sua cadeira como uma foto em tamanho natural. Como a foto no apartamento de Jennifer. Exatamente a mesma, apenas parecendo mais viva. Ereta, magra, cabelos castanhos secos sobre um olhar que não avançava uma polegada para dentro do mundo. Havia também um homem na sala: cerca de trinta anos, louro, com um bigode falhado. Não disse uma palavra e nem mesmo olhou na minha direção, mas atentava ao zumbido dos fones de ouvido que usava. Seu rosto não dava nenhuma indicação do tipo de coisa que estava escutando. Podia ser heavy metal. Podia ser Aprenda-francês-sozinho. Havia uma terceira pessoa na casa. A madrasta. Não cheguei a vê-la, mas ouvi. Tropeçando pelo quarto dos fundos e gemendo, com uma fadiga infinita, a cada novo obstáculo materializado em seu caminho.

"Jennifer ficou muito tempo?"

"Dez minutos."

"Phyllida, você é maníaco-depressiva, certo?"

Acho que meus olhos se projetaram, brutais, quando eu disse isso. Mas ela concordou com a cabeça e sorriu.

"Mas agora você tem isso sob controle, não é, Phyllida?"

Ela anuiu novamente e sorriu.

É: uma pílula a mais e ela entra em coma. Uma pílula a menos e ela sai e compra um avião. Deus do céu, a pobre coitada, até mesmo seus dentes estão malucos. As gengivas estão malucas.

"Você segue uma tabela de pílulas, não é, Phyllida? E uma lista. Provavelmente tem uma dessas caixinhas amarelas com as divisões de horário e dosagem."

Ela anuiu com a cabeça.

"Faz uma coisa pra mim? Vá contar suas pílulas e me diga quantas estão faltando. Os estabilizantes. O tegretol ou o que seja."

Enquanto ela ia, fiquei escutando o zumbido fixo dos fones de ouvido do sujeito. O ronco de inseto — a música da psicose. Também fiquei escutando a mulher no outro quarto. Ela tropeçava e gemia, com aquele cansaço inesquecível — aquele cansaço indelével. E eu disse bem alto: "Ela pegou isso também? Meu Deus, estou cercada". Levantei-me e fui até a janela. Pingue, pingue, disse a chuva. Foi nesse momento que fiz uma promessa para mim mesma — uma promessa que apenas poucos entenderiam. A madrasta tropeçava e gemia, tropeçava e gemia.

Phyllida chegou planando pela passagem como uma enfermeira. Fui até a porta. Ela mesma não teve nenhum peso real nisso. Foi apenas o canal.

"Quantos?", gritei. "Cinco? Seis?"

"Acho que seis."

E fui embora.

Depressa, depressa. Porque vocês entendem: é aqui que a gente entra. São cinco da tarde do dia dois de abril. Dentro de uma hora estarei com Paulie No. Farei a ele duas perguntas. Ele me dará duas respostas. Depois, será um envelope. Está resolvido. E novamente me pergunto: É a verdade? É realidade, ou é apenas eu? É apenas Mike Hoolihan?

Trader diz que é como cantar as jogadas no tênis. Isso ferra até com os olhos da gente. Você grita "fora" para uma bola boa porque deseja ela fora. Você deseja tanto isso que a *vê* fora. Você tem uma prioridade — vencer, triunfar. E isso ferra com os olhos da gente.

Quando eu investigava assassinatos, às vezes parecia TV: mas às avessas. Como se algum drogado tivesse assistido a um policial de assassinato (baseado numa história real?) e o trouxesse para nós às avessas. Como se a TV fosse a matriz criminosa e transmitisse planos de execução para os sonâmbulos da rua. Você fica pensando: isso é ketchup. Ketchup saindo de uma bisnaga em cujo bico está se formando uma crosta.

Estou pegando um nó bem apertado e o estou reduzindo a uma barafunda de pontas soltas. E por que o estaria vendo assim se não fosse assim? Isso seria a última coisa que eu desejaria. Desse jeito, não venço. Desse jeito, não triunfo.

Mas vamos adiante com o ketchup — com o ketchup processual de perguntas e números e testemunhos especializados. Depois poderemos fazer o filme *noir*. Pode ser que ainda se comprove que estou enganada.

É aqui que a gente entra.

Ao telefone eu dissera que pagaria, mas quando estamos em pé diante do balcão do Salão Chamariz e daquela paliçada de beberrões, Paulie No baixa uma nota de vinte e me pergunta:

Qual o seu veneno?

E eu digo uma gasosa.

Há uma entonação agradável em sua voz e seus olhos estão voltados para baixo, sob as pálpebras pregueadas. Uma vez que aparentemente ele está ciente de que neste momento estou desligada do DIC, parece achar que isso equivale a um encontro. Uma surpresa, porque sempre o tomei por bicha. Como qualquer outro patologista com quem se tope. Como se alguém desse a mínima, de uma forma ou de outra.

Falamos sobre tacos de golfe número cinco, jogadas de beisebol e se os Pushers estão com tudo ou não para bater os Rapists no sábado que vem, e aí eu digo:

Paulie. Esta conversa nunca aconteceu, certo?

...*Qual* conversa?

Obrigada, Paulie. Paulie. Lembra-se de quando cortou a filha do Rockwell?

Muito claramente. Todo dia deveria ser como aquele.

Muito melhor que um pau-d'água, certo, Paulie?

Muito melhor que um afogado. Ei! Vamos falar sobre cadáveres? Ou vamos falar de carne viva?

Ninguém fala perfeitamente a língua americana, mas ele parece o sobrinho do Fu Manchu. Estou contemplando seu bigode, brilhante mas também desigual, surrado. Meu Deus, ele é igual ao sujeito dos fones de ouvido na Crescent. Quer dizer, isso é bem básico, não é? Para que ter um bigode quando ele simplesmente *não vingou?* Suas mãos são limpas, fofas e cinzentas. Como as mãos do cadáver de um lavador de pratos numa cozinha de um restaurante barato. Eu me congratulo. Sou carne e sangue, não pele e gelo: ainda posso sentir calafrios perto de Paul No, um cortador estatal que ama seu trabalho. Mas a cada dez minutos estremeço em pensar no quanto me tornei casca-grossa.

"A noite é uma criança, Paulie. Eric, mais uma cerveja para o doutor No."

"...Com suicídios, sabe o que costumavam fazer?"

"O quê, Paulie?"

"Dissecar o cérebro em busca de lesões especiais. Lesões de suicídio. Provocadas por...?"

"Diga."

"Masturbação."

"Isso é interessante. Isso também é interessante. Houve um relatório toxicológico da filha do Rockwell. Você não o viu."

"Por que deveria?"

"É. Bem, o coronel mandou jogar no lixo."

"Humm. O que deu? Maconha?" Em seguida, com o espanto superando o arremedo de horror, ele disse: "Cocaína?".

"Lítio."

De algum modo, todos nós aceitamos o lítio. Todos nós engolimos aquilo. O coronel Tom, reduzido ao limite de sua sanidade. Hi Tulkinghorn, recuando e encolhendo-se à sua pequena linha de fundo. Trader — porque acreditou nas palavras finais de Jennifer. Porque sentiu o peso especial do testemunho das palavras finais. E eu também aceitei e engoli. Porque senão...

"Lítio?", ele disse. "De jeito nenhum. Lítio? Porra nenhuma."

Aqui estamos no Salão Chamariz, no dia seguinte ao dia da mentira: certamente essas não são piadas de Jennifer. É só o mundo sendo tratado com grosseria. De modo similar, no centro do salão, sobre o pianinho branco, o sonolento... Vou reformular a frase. Sobre o pianinho branco o pianista de cabelo grande está tocando "Trem noturno". Quem diria! Em estilo Oscar Peterson, mas com trinados e floreios. Não com paixão e energia. Faço um semicírculo com minha cabeça na expectativa de ver, escarranchadas no tamborete ao lado, as coxas tensas e bojudas de Arn Debs. Mas tudo o que vejo são beberrões das noites de segunda-feira, e chamarizes, chamarizes, e a parede de cabana rústica, e a linha espumante no bigode de Paulie No.

Eu digo então não me diga. Uma pessoa está nessa droga durante um tempo. Talvez um ano. O que você veria?

Ele diz ah você certamente estaria vendo ali sinais de lesão renal. Talvez depois de um mês. É quase certo.

Eu digo vendo que sinais?

Ele diz túbulos distais onde o sal foi reabsorvido. A tireóide, também, iria funcionar abaixo do normal e aumentaria de tamanho.

Eu digo e a filha do Rockwell?

Ele diz porra nenhuma. Sua árvore de órgãos era como um mapa para pôr na parede. Os rins? Eram um jantar. Não, cara. Ela era — ela era tipo Plano A.

"Paulie, esta conversa nunca aconteceu."

"Certo. Tudo bem."

"Acredito que você vai manter essa promessa, Paulie. Sempre gostei de você, sempre confiei."

"Verdade? Achei que você tivesse alguma coisa contra olhos puxados."

"Eu? Não", falei. E com sinceridade. Não faço a menor idéia do que estou sentindo. Punhaladas fortuitas de amor e ódio. Mas, como um polícia, dei de ombros e disse: "Não, Paulie. É só que você parecia tão absorvido em seu trabalho".

"Isso é verdade."

"Foi agradável e vamos fazer isso de novo. Mas até lá vamos nos entender. Você mantém a boca fechada sobre Jennifer Rockwell. Ou o coronel Tom vai mandá-lo embora. Acredite, Paul. Você não vai mais cortar na Battery e Jefferson. Você vai bater com as dez. Mas confio em você e sei que manterá sua promessa. É por isso que conta com o meu respeito."

"Tome mais uma, Mike."

"A saideira."

Senti o alívio como um luxo quando acrescentei: "Só uma gasosa. Mas claro, por que não?".

Tobe está participando de um torneio de videogame e não voltará para casa antes das onze. Agora são nove horas. Às dez tenho uma conversa telefônica com o coronel Tom. Isso deve funcionar. Estou aqui sentada à mesa da cozinha com meu caderno, meu gravador, meu PC. Estou usando minhas calças novinhas de golfe, com o grande tique dourado, e uma camisa branca da Brooks Brothers. E estou pensando... Ah, Jennifer, sua safadinha!

É um encontro telefônico com o coronel Tom porque não conseguirei fazer isso cara a cara. Por várias razões. Uma delas é que o coronel Tom sempre sabe quando não estou dizendo a verdade. Ele dirá: "Olhos nos olhos, Mike" — como um pai. E eu não conseguiria fazer isso.

Hoje no *Times* há uma matéria sobre um distúrbio mental recentemente identificado como Síndrome do Paraíso. Pensei: não procure mais nada. Foi isso que Jennifer teve. Descubro que se trata apenas dessa coisa com que os bilionários ignorantes — estrelas de novela, do rock ou das quadras — conseguem improvisar algumas preocupações para si mesmos. Algumas arapucas disfarçadas de objetos inocentes — armadilhas no paraíso. *Zugts afen mir.* Digam isso de mim. Dou uma olhada pelo apartamento — as pilhas de revistas de computador que chegam à altura de minha cintura, o pó nos quadros das condecorações que recebi. Nada menos do que o que seria de esperar, no hábitat de meia tonelada de lerdeza e desmazelo. Não há aqui nenhuma Síndrome do Paraíso. Estamos limpos. No *Times* também há uma reportagem de acompanhamento e um editorial sobre os micróbios na pedra de Marte. Uma única mancha do esporro de três bilhões de anos e, de repente, todos estão dizendo: "Não estamos sós".

Pessoalmente não acredito que o trabalho dela — sua inclinação, sua vocação — tivesse muito a ver com alguma coisa, exceto que ampliava a faixa. Com o que quero dizer algo tipo: o abismo intelectual entre Jennifer e LaDonna, entre Jennifer e DeLeon, Jennifer e a menina de treze anos que assassinou um bebê por causa de uma fralda — esse abismo parece vasto, mas poderia ser estreitado por pensamentos corriqueiros sobre o universo. Da mesma forma, Trader era "o amante mais amável do planeta" — mas quanto é esse amável? Miriam era a mãe mais doce — mas quanto é esse doce? E o coronel Tom era o pai mais carinhoso. E quanto é esse carinhoso? Jennifer era linda. Mas quão linda? Em todo caso, pensem no rosto humano, com suas orelhas estúpidas, essa pelagem incipiente, essas narinas absurdas, a umidade dos olhos e da boca, onde cresce osso branco.

Nos estudos sobre o suicídio, costumava haver uma regra dura que dizia assim: quanto mais violentos os meios, mais alto o grunhido para os vivos. Mais alto eles dizem, *Olhem o que vocês me fizeram fazer.* Se você deixava seu corpo íntegro, meramente imitando o sono, isso era considerado uma repreensão mais silenciosa para os que eram deixados para trás. (Deixados para trás? Não! Eles é que param. Nós vamos em frente. Os *mortos* é que são deixados para trás.) Entretanto, nunca acreditei nisso. A mulher que corta a garganta com uma faca elétrica — você vai me dizer que passou pela cabeça dela algum pensamento por outra pessoa? No entanto, três balas, como o cóntrário de três brindes. Que apreciação! Que... alteza! Que gelo! Ela magoa os vivos, e essa é outra razão para odiá-la. E ela não deu a mínima para o fato de que todos se lembrariam dela apenas como mais uma dona doida. Todos menos eu.

Injusto. Ela era a filha de um polícia — o pai dela comandava três mil oficiais juramentados. Ela sabia que ele seguiria seu rastro. E acredito que ela também sabia que eu desempenharia um papel na busca. Com certeza. Quem mais? Se não eu, quem? Quem? Tony Silvera? Oltan O'Boye? Quem? Enquanto seguia em direção à morte, ela imprimiu um padrão que julgava poder consolar os vivos. Um padrão: algo já visto muitas vezes antes. Jennifer deixava pistas. Mas as pistas eram apenas véus. O algoritmo mutilado de Bax Denziger? Um véu (e uma piada, dizendo algo como: não afie seu machado no universo. Eu afio o meu na mãe-terra). As pinturas que ela comprou? Um véu — uma indolente reflexão tardia. O lítio era um véu. Arn Debs era um véu. Cara, ele sempre foi. Durante dias eu a odiei por causa de Arn Debs. Detestei-a, menosprezei-a. Odiei que ela pensasse que eu engoliria Arn Debs — que eu imaginaria que ele servia, mesmo como chamariz. Mais uma vez, não é de admirar: droga, ela sempre me viu com quem? Aos oito anos de idade, ela me via pendurada nos braços de homens que odiavam e espancavam as mulheres. Eu com meu olho preto, e Duwain com o dele. Deniss e eu, de mãos dadas e nos arrastando para entrar na fila da saída do pronto-socorro. Esses caras não me davam apenas umas bofetadas: tínhamos brigas de socos que duravam meia hora. Jennifer deve ter pensado que preto e azul eram minhas cores favoritas. O que vocês esperariam de Mike Hoolihan — uma mulher que foi sangrada por seu próprio pai? Claro que eu ficaria a fim do grande Arn Debs. E por que eu não imaginaria, sendo assim tão estúpida, que Jennifer também poderia ter ficado a fim dele? Será que ela não via inteligência em mim? Será que realmente não via? Ninguém via?

Porque, se tirarem a inteligência de mim, se a tirarem de meu rosto, então realmente não me deixam com muita coisa.

Você aciona o microfone e ouve o guincho que ninguém deseja: *Verifique odor suspeito.* Verifiquei odores suspeitos. Suspeitos? Não. Isso é crime abrasivo. Química fulminante da morte, no planeta dos retardados. Vi corpos, corpos mortos, em morgues ladrilhados, em alas de presídio, em celas, em porta-malas de carros, em escadarias de cortiços, em entradas de carregamento de docas, em pátios de manobra de tratores, em incêndios de casas geminadas, em lanchonetes de esquina, em ruelas transversais, em porões rasteiros, e jamais vi nenhum sentado ao meu lado como o corpo de Jennifer Rockwell, encostado ali, nu, depois do ato de amor e vida, dizendo mesmo isso, tudo isso, eu deixo para trás.

Uma memória súbita. Deus do céu, de onde veio *esta?* Certa vez, vi Phyllida Trounce. Quer dizer, nos velhos tempos. Na casa dos Rockwell. Transpirando álcool nas cobertas, virei-me de lado e lutei com o trinco da janela. E lá estava ela, a um metro de distância, olhando. De vigília. Entreolhamo-nos. Nada de mais. Dois fantasmas dizendo: Oi, cara...

Phyllida Trounce ainda está andando. A madrasta de Phyllida ainda está andando, tropeçando, gemendo. Ainda estamos todas andando, não estamos? Ainda estamos persistindo, ainda continuando, ainda dormindo, despertando, ainda nos acocorando em latrinas, ainda nos escarrapachando em carros, ainda dirigindo, dirigindo, dirigindo, ainda pegando, ainda comendo, ainda melhorando a casa e fazendo os doze passos, ainda esperando, ainda ficando paradas na fila, ainda vasculhando bolsas em busca de um punhado de chaves.

Já tiveram alguma vez esse sentimento infantil, com o sol na cara salgada e o sorvete derretendo na boca, o sentimento infantil de que se quer cancelar a felicidade mundana, recusá-la como um exemplo falso? Não sei. Isso era o passado. E às vezes penso que Jennifer Rockwell veio do futuro.

Dez horas. Vou gravar e depois transcrever.

Não tenho nada a contar ao coronel Tom além de mentiras: as mentiras de Jennifer.

O que mais posso lhe contar?

Senhor, sua filha não tinha motivos. Só padrões. Padrões elevados. Padrões que nós não alcançávamos.

No Salão Chamariz, com Paulie No, quando pedi a segunda gasosa — foi um doce momento. O momento da postergação. Tinha um sabor muito mais doce do que o que estou provando agora.

Vou gravar e depois transcrever. Oh, Pai...

Coronel Tom? Mike.

Sim, Mike. Escute. Tem certeza de que você quer fazer isso desse jeito?

Coronel Tom, o que posso lhe dizer? As pessoas mostram a si mesmas para o mundo. As pessoas mostram uma vida para o mundo. Então você olha mais além e percebe que não é bem assim. Num minuto, é um claro céu azul. Depois, você olha novamente e há nuvens negras por toda parte.

Devagar com isso, Mike. Podemos ir um pouco mais devagar?

Isso tem a ver, coronel Tom. Tudo se encaixa. Sua menina estava numa virada. Nenhum médico estava lhe dando o que ela vinha tomando. Ela conseguia a coisa na rua. Na...

Mike, você está falando muito alto. Eu...

Na maldita rua, coronel Tom. Durante um *ano*, ela esteve à frente da própria cabeça. Bax Denziger me contou que ela começara a perder a cabeça no trabalho. E a falar sobre morte.

Sobre encarar a morte. E as coisas começaram a se esfacelar com Trader porque ela estava considerando um outro cara.

Quem? Que outro cara?

Só um outro *cara*. Conhecido num bar. Só um lance de paquera talvez, mas o senhor vê o que isso quer dizer? Não conte para o Trader. Não conte para a Miriam porque ela...

Mike. O que está acontecendo com você?

É um padrão. É tudo clássico, coronel Tom. É uma cagada, cara! Uma porcaria!

Vou até aí.

Não estarei aqui. Escute, eu estou bem. Estou bem — de verdade. Espere... Agora está melhor. Só estou um pouco chateada com tudo isso. Mas agora acabou. E o senhor só tem de deixar isso pra lá, coronel Tom. Eu sinto muito, senhor. Sinto muito mesmo.

Mike...

Está *acabado*.

Pronto — encerrado. Tudo acabado. Agora, eu, eu estou saindo para a Battery e sua longa fila de botecos. Quero ligar para Trader Faulkner e dizer adeus, mas o telefone está tocando outra vez e o trem noturno está vindo e posso ouvir aquele bastardo de merda desarticulando os degraus e vamos ver o que acontece se ele tentar ficar no meu caminho ou simplesmente me der aquele olhar ou abrir a boca e dizer *uma só palavra que seja*.

1ª EDIÇÃO [1995]
2ª EDIÇÃO [2004]

ESTA OBRA FOI COMPOSTA PELA HELVÉTICA EDITORIAL EM GARAMOND
LIGHT E IMPRESSA PELA PROL EDITORA GRÁFICA EM OFSETE SOBRE PAPEL
PÓLEN BOLD DA COMPANHIA SUZANO PARA A EDITORA SCHWARCZ
EM JUNHO DE 2004